안고 업고 웃고

이종대 수필집

안고 업고 웃고

이종대 수필집

예술의숲

들어가며

2012년 봄, 신문사로부터 전화를 받았다. 신문에 칼럼을 연재해 달라는 것이었다. 신문에 내 글이 나오면서, 즐거운 마음으로 거듭하여 읽으시는 애독자가 생겼다. 나의 어머니셨다. 어머니께서는 신문에 실린 아들의 글을 읽으시고는 한 장 한 장 차곡차곡 모으셨다. 그 모습을 보며 언젠가는 책으로 묶어내야겠다는 생각이 들었다.

그런데 막상 책으로 묶으려니 여러 가지 고려해야 할 사항이 생겼다. 한 달에 한 번씩 신문에 게재하기 시작한 것이 어느새 10년도 넘는 세월이 훌쩍 지났고, 그때그때 시사적인 문제에 치우쳐 있어 책으로 묶기보다는 신문 칼럼의 역할만 해도 될 작품이 많았다. 다시 읽어보니 내용을 좀 더 보완해야 할 것도 자꾸 눈에 띄었다.

여러 작품을 빼기도 하고 수정·보완하기도 하였다.

작품 중에는 시와 수필이 곁들인 작품도 여러 편 있다. 그래서 이 책을 '시 수필집'이라고 할까? '수필집'이라고 할까? 고민 하다가 아무래도 수필이 주가 되는 책이니까 '수필집'으로 이름을 붙였다.

이미 3권의 시집을 발간했지만, 다시 읽을 때마다 표현이나 내용 면에서 수준에 못 미치는 작품을 양산해 낸 것 같아 부끄럽기 짝이 없었다. 게다가 이제는 독자의 눈높이에 못 미치는 수필집까지 발간하여 책 읽는 부담만 가중하는 것은 아닐까 두려워진다.

이 책을 내는데 용기를 준 사랑하는 가족과 3년 전 소천하신 그리운 어머니께 감사드린다. 바쁜 사정에도 불구하고 기꺼이 교정에 참여해 준 친구들, 관심을 가지고 지켜봐 주시는 선후배 문인과 문학회 회원, 그리고 신문사와 출판사에도 감사드린다.

무엇보다 애정을 가지고 읽어주고 계신 독자에게 고마움을 전한다.

2022년 단풍 고운 날

이 종 대

◈ 차 례 ◈

2부. 장모님, 우리 장모님

3부. 겸손하고 진지하게

4부. 청주 사람

1부
다시 피는 봄꽃

해마다 다시 꽃을 피우는 꽃나무들을 보고 있자니,
무심천의 늙은 벚나무처럼
다시 새롭고 아름다운 생을 꽃 피우며 살고 싶다는,
어쩌면 과한 욕심이 봄의 아지랑이처럼 솔솔 피어오른다.

1월엔

얼마 전 詩 원고를 청탁받은 일이 있다. 출간되어 나
올 때를 물으니 1월이란다. 원고를 준비하면서 고민에
빠졌다. 어떤 1월을, 어떤 희망을 노래할 것인가에 대한
고민이었다.

1월엔
12월을 맞이하자
설렘 가득한 새해 아침엔
열한 달 지나
남은 달력 앞에 서 있는
내 모습 그려보자

들꽃 향기에 취했던 아지랑이와
폭우 앞에서 당당했던 푸르름
제 살아온 빛깔대로 물들던 정직함을
세상을 하얗게 덮는 눈앞에선 뒤돌아보아야 한다
는 걸
하루 지나고 이틀이 가도
살아가는 일들이 올해도
맘처럼 되지 않더라도
한 해를 마감하는 회한의 밤엔
그래도 그만하면 괜찮았다고
내 얼굴 마주하며
웃을 수 있도록
1월엔
12월을 맞이할 일이다

- 「1월엔」 전문.

우리는 새해를 맞이하며 지난해와는 다른 한 해를 꿈꾼
다. 그리고 내가 이루고 싶은 소망을 담아 남에게도 덕담
을 나눈다. '복 많이 받으시라'고. 복의 의미는 사람마다
다르겠지만 지난해에 받지 못한 복을 올해는 꼭 받도록

서로에게 빌어준다. 그런데 정작 새해를 맞이해 보면 모든 게 크게 달라지지 않고 그대로 지속되거나 오히려 더 나빠지는 경우가 많다. 해가 바뀐 지 며칠이 안 가서 사람들은 탄식하기도 한다. 새해 첫날 해돋이를 보면서 걸었던 희망은 커다란 실망으로 이어지게 되는 경우도 허다하다. 그래서인지 나에게 찾아온 시적 화두는 '1월엔 12월을 맞이하자'라는 것이었다. 설렘 가득함으로 맞이한 새해 아침엔 열한 달을 지나 이제 한 장밖에 남지 않은 달력을 눈앞에 두고 있을 자신을 상상해 보자는 것이다.

이 겨울이 지나면 봄은 우리 곁을 다시 찾아올 것이다. 사방에는 꽃이 피고 아지랑이가 오를 것이다. 그런 봄이 지나면 뜨거운 태양과 폭우가 우리를 기다리고 있을지도 모르겠다. 그래도 굴하지 않고 나무는 푸름을 유지할 것이다. 그러다가 가을이 되어 낙엽이 지고, 겨울이 오는 것이다. 그렇게 시간은 간다. 그리고 다시 겨울이 되어 12월 달력을 눈앞에 마주하게 될 것이다.

해가 바뀐 지 이제 한 달이 거의 지났다. 안타깝게도 새해에 걸었던 희망보다는 아픔이 먼저 우리를 찾아오지 않았나 싶다. 여러 곳에서 화재가 발생했다. 아파트 건축

현장에서 고층 아파트가 무너져 애꿎은 노동자만 유명을 달리했다. 작년, 재작년에 이어 전염병은 여전히 맹위를 떨치고 있다. 좀 나아지기를 그렇게 바랐는데도 현실은 별로 나아진 게 없다. 희망은 희망일 뿐이고 현실은 암담하기만 하다.

그래도 시간은 흐를 것이다. 봄이 찾아오자 이어서 여름이 오고, 가을이 우리 곁에 다가올 것이다. 어려운 고비도 분명히 있을 것이다. 그럴 때 우리는 생각하자. 나무는 폭우가 온다고 푸름을 저버리지 않듯 역경과 고난을 물리치고 극복할 의지만은 굳게 다지자. 그래야 한다. 그리고 순간순간에 최선을 다하자. 돌이켜보면 우리만큼 엄청난 재난과 위험에 지속해서 노출된 경우도 그리 많지 않을 것이다. 그래도 우리는 그 고난을 여전히 극복하면서 지금 여기 있다. 이겨내자. 잘못된 것은 다시 고치고, 우리에게 닥친 위험은 지혜로 물리치자. 설날이 지나고 단오가 지나도 파도처럼 밀려오는 고난은 끊이지 않을지도 모르지만, 그에 맞서 최선을 다하고 12월 달력 앞에서 '그만하면 괜찮았다'라고 웃을 수 있도록 하자.

개나리

봄이다. 기다렸다는 듯이 반가운 얼굴들이 여기저기 보인다. 봄꽃들이 순서를 가리지 않고 피어난다. 개나리도 피었다. 개나리를 보니 이제 정말 봄이 완연하다는 느낌이다. 개나리의 작은 꽃망울은 이제 막 학교에 들어가는 새내기를 바라보는 듯한 느낌을 준다. 노란색이 더욱 그런 느낌을 주는 것 같다.

> 흐드러진 꽃잎도 눈부시지만
> 기다림이 이쁘다
> 터질 듯 펼쳐낼 듯
> 울타리 가득 꽃봉오리
> 달아오른 햇살들 노랗게 모아놓고

막 뛰쳐나온
고 1짜리 내 딸아이
여드름 난 이마
봄이 이쁘다
설렘이 이쁘다

　　－「아침 울타리」전문. 『뒤로 걷기』 2011 예술의숲

　이제는 성인이 되어 출가한 나의 둘째 딸이 고등학교
에 입학 하던 봄에 지은 시이다. 그때 나는 딸아이의 얼
굴에 작게 난 여드름도 참 예뻐 보였다. 개나리의 작은
꽃봉오리 같기도 했던.

　그 시절 딸애는 정말 꿈이 많았다. 개나리의 꽃말처럼
희망에 가득 찼다. 어떤 일이든 다 성취할 것만 같고 무
엇이든 될 것만 같았다. 당당했고 야무졌다. 딸만 꿈이
많았던 게 아니라 딸을 바라보는 가족들도 딸에 대한
꿈이 컸다. 우리 부부는 딸의 장래 직업에 관해서도 은
근히 기대 하였다. 딸애의 꿈을 공통분모로 우리 가족은
그때 참 행복했던 것 같다.

　딸은 무럭무럭 잘 자랐다. 대학에 진학하여 자신의 꿈
에 적합한 전공을 택해 학업에 전념했다. 비록 나나 아

내의 바람대로 전문적인 직업인이 되지는 못했지만, 자기 적성에 맞는 일에 종사하다가 결혼하여 다시 꿈에 젖어 있다.

요즘 딸애는 바쁘다. 아들을 낳았고 육아에 정신이 없다. 이제 새봄을 맞아 집을 꾸미고 가꾸는 일에 몰두하며 앞으로 자신과 가족에게 펼쳐질 미래를 설계하며 설렌다. 마치 고등학교 1학년 꿈 많던 소녀처럼.

오늘 아침 개나리가 만발한 학교 울타리 곁을 걸었다. 등굣길 학생들이 삼삼오오 발걸음을 재촉하고 있었다. 어린 학생들을 바라보노라니 문득 딸의 고등학교 시절이 떠올랐다. 우리 딸처럼 이 학생들도 부푼 꿈을 안고 자신의 목표를 이루기 위해 열심히 공부하겠지 하는 생각이 든다.

'시간이 흐르면 학교에 들어갈 내 손자도 꿈에 젖은 학창 시절을 보내겠지'하는 생각도 든다. 손자가 자라면서 나와 아내는 또 다른 꿈을 꾸게 될지도 모른다는 생각이 든다. 그때는 딸애를 키울 때보다는 좀 나은 꿈, 어른다운 꿈을 꾸었으면 싶다.

새봄을 맞아 아침 울타리에 가득한 개나리를 보면 꿈이 샘솟는다.

세상을 밝힐 것 같은 환한 꿈.

다시 피는 봄꽃

봄꽃이 다투어 피어나고 있다. 산수유 노란 꽃잎 사이로 벌이 날아다닌다. 벌과 함께 봄을 즐기는 노란 꽃망울이 정겹기 그지없다. 진달래도 어느새 꽃망울을 터트리고 피어 있다. 그 모습이 귀엽기만 하다. 꽃은 이렇게 다시 우리 곁에 와서 봄을 속삭인다. 겨울의 모진 추위를 떨치고 이겨낸 모습이 대견스럽다. 추위도 추위려니와 미세먼지 또한 우리를 무던히도 괴롭혔는데, 그 모든 어려움을 이겨내고 꽃망울을 방긋방긋 터트리고 있다.

이 산천에 피어나는 어느 꽃인들 아름답지 않으랴마는 그중에서도 심은 지 오래된 나무들이 다시 꽃을 피우는 모습을 볼 때가 더욱 행복하다. 청주 무심천의 벚나무가 그중 하나다.

개나리 등과 함께 4km에 걸쳐 꽃길을 이루고 있는 벚나무는 심은 지 꽤 오래되었다. 고목이 되어 사람의 머리보다 높은 가지에서 흐드러진 꽃이 만개한 벚나무가 연이어 서 있는 모습을 볼 때면 자연의 오묘한 이치가 새삼스럽다. 그래서 청주를 찾는 많은 사람은 무심천의 벚꽃을 사랑하고 길게 이어진 무심천을 사랑하는가 보다. 비록 심은 지 오래되어 고목이 되었을망정 늙은 몸에도 봄이 되면 흰 벚꽃을 피워 올려 남북으로 흐르는 무심천을 따라 이어진 모습이 무척이나 아름답게 느껴진다. 늙었어도 온몸의 진기를 다해 다시 꽃을 피워 올리는 벚나무를 보노라면 자연의 숭고함마저 느끼게 된다. 수령이 오래된 꽃나무를 보면서, 나는 사람이 사는 이치도 이와 같지 않을까 생각해 본다.

청춘은 아름답다. 어떤 꽃에도 비길 수 없을 정도로 예쁘고 아름답고 멋지다. 그러나 나이가 들어간다고 해서 그 아름다움이 모두 소멸해 버리는 것은 아닐 게다. 경험과 지식을 쌓아가고 보람 있고 가치 있는 일을 지속해서 영위해 간다면 새봄이 되어 꽃이 다시 피어나듯이, 생의 어느 순간 아름답고 새로운 보람을 다시 꽃피울 수 있는 것은 아닐까 싶다. 비록 그 모습이 봄꽃처럼 사람들의 눈길을 끌 만큼 화려하진 못하더라도 내면에서 쌓인 아름다움은 자신도 모르는 사이에 은연중에 향기를 품게 될 것이라고 생각해본다.

연세가 들어서도 꽃보다도 더 아름다운 모습으로 멋지게 살아가시는 노인들을 많이 보았다. 어느 교수님은 100세가 되어서도 열정적으로 강의를 하시면서 집필 활동을 하시고, 어느 연예인은 아흔을 한참 넘기고도 왕성하게 활동하셨다. 그렇게 유명한 분은 아니지만, 우리 주변에도 젊은 세대들에게 본보기가 되도록 열심히 살아가시면서 말 없는 교훈을 주시는 어르신은 한두 분이 아니다. 어쩌면 연세가 들어서도 생의 길목마다 후손들에게 보여주는 경륜과 지혜는 다시 피는 봄꽃처럼 아름답지 않은가?

나이가 들어가면서 꽃을 더욱 예뻐하게 된다는 말을 들을 적이 있다. 정말 그런가 보다. 이제 나도 초로의 나이가 되었다. 꽃을 보면 그렇게 예쁠 수가 없다. 마치 어린아이를 보면 귀엽고 사랑스러운 감정이 물밀듯 밀려오듯이 꽃을 보면 그러하다. 새봄이 되어 주변에 피어나는 개나리며 산수유, 진달래, 목련들을 보자니 봄을 맞이하는 행복감에 젖어 든다. 그리고 고목이 되어서도 해마다 다시 꽃을 피우는 꽃나무들을 보고 있자니, 무심천의 늙은 벚나무처럼 다시 새롭고 아름다운 생을 꽃 피우며 살고 싶다는, 어쩌면 과한 욕심이 봄의 아지랑이처럼 솔솔 피어오른다.

4월

산수유가 노란 꽃망울을 터트리나 싶더니 연이어 개나리가 도시의 아침을 환하게 밝힌다. 며칠 전 아침 출근길에 복대공원을 지나려는데 개나리 꽃잎 위를 작은 새한 마리가 포르르 날아오르는 게 보였다. 봄이 오는 길을 타고 왔는지 꽃들 사이에 노니는 새를 보니 남녘에만 머물 것만 같던 봄도 이제 우리 고장까지 찾아왔음을 느낀다. 개나리에 이어 진달래도 꽃망울을 터트리고 죽천변에 늘어선 살구나무도 꽃 피울 채비를 하고 있다. 어느새 목련도 그 곱디고운 자태를 선보이고 있다.

온천지에 온통 봄 냄새가 넘쳐흐른다. 다시는 꽃을 못보게라도 하려는 듯 혹독했던 지난겨울엔 도무지 꽃이

상상이 되지 않더니, 봄은 그 엄혹한 추위를 훌훌 떨쳐
버리고 다시 우리 곁에 찾아온 것이다. 봄과 함께 다시
찾아온 꽃들을 보니 그 예쁘고 사랑스러운 모습이 대견
하다는 생각까지 든다. 모진 추위와 바람을 견디고 그
여린 꽃잎을 활짝 피우고 있으니 어쩜 그런 생각이 드는
것은 당연한지도 모르겠다. 그러면서도 한편으론 피어난
꽃들 역시 그 아름다운 자태를 우리에게 보이기 위해서
때때로 파고드는 봄날의 서늘한 기운을 온 힘을 다해 견
디고 있다는 생각이 들었다.

> 청명절에도 바람은 분다
> 때아닌 눈보라 몰아치는
> 봄날도 있다
>
> 온 겨울 견뎌내느라
> 마르고 헐벗은 가지에
> 마침내 터트린 오랜 기다림
>
> 교실 앞 산수유
> 울타리에 올라앉은 개나리
> 느닷없이 흰 눈이 얼어붙어
> 흔들리는 날이 있다

그래도 꽃잎들은
작은 얼굴을 맞대고
손에 손을 잡고

천지 가득한 햇살
불러 모은다

청명절에도 때아닌
눈보라 칠 수는 있어도
언 땅을 견뎌온 질긴 뿌리 어쩌지 못한다
누리에 가득한 꽃내음 어쩌지 못한다

- 「4월」 전문.

4월이다. 봄이 온 게 분명하다. 온천지에 꽃들이 흐드
러지게 핀 것을 보면 봄이 온 것은 분명하건만, 그 봄을
시기하듯 불현듯 찾아오는 서늘함 또한 엄연히 존재함도
사실이다.

봄을 맞이하여 피운 꽃들이 때때로 불어오는 바람에
떨어져도 꽃나무는 여전히 아픔을 견디며 다시 올 내년
봄을 기다리듯, 우리에게 닥치는 어려움에 조금 더 의연
해야 하지 않을까 싶다.

사진 한 장

　아름다운 봄꽃 중에 빼놓을 수 없는 것이 벚꽃이다. 우리나라 곳곳에서 피어나는 벚꽃은 사람들에게 보는 즐거움을 준다. 벚나무는 한두 그루만 있어도 아름답지만, 여러 그루가 줄지어 있을 때는 황홀할 만큼 꽃이 더욱 아름답다. 꽃의 아름다움에만 취해 있어도 생은 참 살만하다는 생각이 들 만큼 그렇게 예쁘다.

　청주에도 무심천변에 벚꽃이 만개했다는 소식을 들었다. 그런데 꽃이 활짝 피었다는 소식을 들은 지, 불과 하루 이틀이 지나지 않아서 갑자기 비가 오리란 소식이 들려왔다. 화들짝 놀라 무심천을 향해 달려갔다. 비가 오면 벚꽃이 쉬 진다는 생각에서였다.

비 오기 전 무심천변 벚꽃은 여전히 예뻤다. 예상대로 많은 사람이 꽃에 취해 있었다. 사진을 찍는 사람도 많았다. 나는 동행한 가족과 함께 한동안 꽃길을 거닐며 그 아름다움에 취해 있었다. 문득 딸아이가 '할머니 생각이 많이 난다'라는 말을 했다. 그 말을 듣고 아무 말도 하지 못했다. 나 역시 어머니 생각이 간절했기 때문이다. 벚나무 아래에서 꽃을 보며 좋아하시던 어머니의 모습이 자꾸만 떠올라서였다. 그 말끝에 주위를 둘러보니 주변에는 연세가 많으신 어르신도 몇몇 눈에 띄었다. 꽃을 유독 좋아하셔서 작은 평수의 우리 집 아파트 베란다를 독차지 하시고, 화초를 가꾸시는 데 공을 들이셨던 어머니는 무심천변에 핀 벚꽃을 무척 좋아하셨다. 어머니가 살아 계신다면 얼마나 좋을까 하는 생각에 눈시울이 붉어졌다. 이렇게 좋은 경치가 얼마 동안이라도 지속되었으면 하는 마음도 간절했다. 하늘을 보며 '제발 며칠만 비를 참아 달라'고 기원했다.

그러나 내 바람과 다르게 그날 밤, 비가 왔다. 나는 비 오는 창밖을 몇 번이나 내다보았다. 비바람에 날리고 있을 무심천 벚꽃이 눈에 선했다. 비는 그치지 않고 계속 내렸다. 바람도 밤새 불었다. 밤새 꽃잎이 날렸을 것이다. 그 수많은 아름다움이 점점 사라지고 말았을 것이다.

다음날 사진 한 장이 카톡으로 날아왔다.

사진엔 벚꽃을 바라보며 환하게 웃고 계신, 이제는 그리움만으로 남아계신 어머니의 모습이 보였다. 그 옆에 딸들의 모습도 보였다. 어제 벚꽃을 보며 할머니와 같이 왔으면 좋았겠다고 말하던 딸이 몇 년 전에 할머니와 같이 찍은 사진을 찾아낸 모양이었다.

사진 속 어머니는 벚꽃을 보시며 예뻐라, 예뻐라. 쓰다듬듯 손을 올리고 계셨다.

　　　　서러워 마라
　　　　비 내려 흩어진다 애태우지 마라
　　　　누운 꽃잎 바라보며
　　　　두 손 모으지도 마라

　　　　여린 가지 잡아 흔들며
　　　　터진 주름살 파고드는 칼바람에도
　　　　마침내 몸 끝으로 밀어낸 또 다른 세상

잠시 빛냈던 것으로 족하나니
달그림자 좇는 반딧불이
내 작은 뜨락에 봄 조각들
찾아온 것으로 족하나니

지는 잎 받으려고 손 모으지 마라
꽃잎 꽃잎으로 가득한
사진 한 장으로 족하나니
풀
풀풀 웃을 수 있나니

　－「사진 한 장」 전문. 2021 『꽃에게 전화를 걸다』 시산맥

　사진 속 어머니는 나를 위로하고 계셨다. 꽃이 졌다고 '서러워하지 말라'고. '애태우지도 말라'고. 아름답게 태어나 '세상을 잠시 빛냈던 것으로도 족하다'고. 사진 한 장에 남은 모습을 보며 더 이상 '서러워하지 말라'고.

죽천 살구나무 길

청주시 흥덕구에는 가로수길 진입로가 있다. 이 진입
로에 들어서려면 다리를 건너야 한다. 다리는 죽천이라
는 작은 하천을 가로지른다. 그리고 이 하천을 끼고 살
구나무 길이 수 Km 조성되어 있는 데, 나는 이 길 걷기
를 좋아한다. 주민들도 좋아한다. 천천히 걸으며 명상에
잠기는 분도 있고, 도로변에 설치된 기구를 이용해 운동
하는 분들도 있다. 중간에 설치된 정자에는 삼삼오오 노
인들이 모여 앉아 환담을 즐기시곤 한다. 귀엽고 깜찍한
반려견을 데리고 나와서 같이 노는 이도 있고, 손주의
재롱을 즐기는 노인들도 눈에 띈다. 모두가 이 길을 사

랑하는 사람들이다.

이 작은 길에도 계절의 변화는 뚜렷하다. 봄에는 경사진 둑으로 꽃들이 다투어 피어 봄이 왔음을 일찌감치 알려주다가, 4월이 되면 길가에 늘어서 있는 살구나무에서 연한 홍색의 살구꽃들이 세상을 온통 꽃 대궐로 바꾸어 놓는다. 살구꽃 길은 걷는 사람들에게 무릉도원의 꿈을 꾸게 한다. 7월이 되어 여름이면, 붉은빛을 띠는 노란색 살구 열매가 향수를 불러일으키곤 하는데, 요즘 그 열매를 거두는 사람은 거의 없다. 대신 살구 열매는 새나 청설모 같은 작은 짐승들에게 식량으로 요긴하게 쓰이는 것 같다. 한 번은 새가 날아와 잘 익은 살구를 쪼아대는 바람에, 열매 하나가 내 머리에 툭 떨어져 웃음을 짓던 일도 있었다.

가을이 되면 낙엽이 진다. 한 잎, 두 잎 떨어져 내리다가 비바람이라도 부는 날이면 마치 눈처럼 사방 흩어져 날리곤 한다. 낙엽 지는 모습을 보면서 사람들은 천천히 길을 걸으며 저마다 이런저런 생각에 잠기는 것 같다.

무엇보다 소중한 것은 이 죽천에 물고기들이 살고 있다는 것이다. 가끔 작은 물고기들이 하천을 유영하는 모습이 눈에 띄곤 하는데 이런 모습을 보며 사람들은 마치

잃어버린 보물을 찾은 듯한 표정을 짓기도 한다. 물고기가 있으니 백로를 비롯한 새가 가끔 눈에 띈다. 먹잇감을 찾아 이리저리 긴 다리를 옮겨 딛는 모습은 평화롭게 보이기도 한다.

그런데 죽천이 이만큼 주민들의 사랑을 받은 것은 결코 저절로 된 것은 아니다. 내가 이곳 주변의 아파트로 이사를 오던 20여 년 전만 해도 이곳은 생활하수로 오염된 썩은 물이 흐르던 버려진 곳과 같았다. 나는 죽천 변에 서서 이곳에 맑은 물이 흐르기를 간절히 기원했다.

공단을 끼고 도는
너의 얼굴에
부연 노여움만 가득하여도
어머니는
죽천
네 곁에서 호미를 쥐고 계셨다

네가 삶에 지쳐 시름겨워하던 날에도
어머니는 네 옆에서
씨갑시 뿌릴 작은 땅을 고르고 계셨다

버들치가 살았다던 너의 가슴이
거뭇거뭇 거품으로 울고 있을 때도
어머니는 손주 녀석 손목을 꼭 쥐고는
하얀 종이배를 멀리
저 멀리 띄우셨다

공단을 끼고
추억만으로 흐르는
너의 곁에서
어머니는 꽃나무 묘목을 눌러 심으시며
널 안고 계셨다

손주 녀석을 안고 계셨다

– 「죽천 네 곁에서」 전문. 『어머니의 새벽』 2002 다층

우리들의 간절한 소망은 현실로 드러나기 시작했다.
몇 번의 대공사로 생활하수는 차집관로를 거쳐 별도로
흐르고, 하천에는 자연수만이 흐르게 되면서 눈에 띄는
변화가 나타나기 시작했다. 물이 조금씩 맑아졌다. 그리

고 얼마 뒤 물고기가 돌아오기 시작했다. 아주 천천히
……. 죽천에서 처음으로 물고기를 발견했을 때의 기쁨이
란 정말 대단한 것이었다. 가족들에게 죽천에 물고기가
돌아왔다고 큰 소리로 떠들던 그때의 감격을 잊을 수가
없다. 그리고 이 물고기를 쫓는 새가 날아들기 시작했다.
주민들은 다리 위에서, 제방에서 이런 감격스러운 광경
을 지켜보며 흐뭇해하곤 했다. 죽천을 살리려는 정성은
이 길에도 이어져 제방 경사로에는 일부러 들꽃을 비롯
한 여러 가지 꽃 묘목이나 나무를 심어서 가꾸는 분들도
계셨다. 지자체에서는 길가에 설치된 운동기구를 새것으
로 교체하거나 보수하여 이 길이 주민들의 사랑을 받는
데 일조하기도 하였다. 또 주민들도 쓰레기를 함부로 버
리거나, 나뭇가지를 꺾거나 하는 일 따위를 자제함으로
써 길은 그런대로 깨끗하고 쾌적한 환경을 유지하고 있
는 것 같다.

　안타까운 것은 얼마 전부터 이곳 죽천에 하천 정비 사
업이 진행되면서 30년 이상 무럭무럭 자라며 주민들에게
위안과 휴식을 주던 살구나무가 몇 백m에 걸쳐 베어졌
다. 주민 중에 어떤 분은 살구나무가 죽었다고 근조 리
본을 살구나무 둥치에 매달기도 하면서 매우 마음 아파

했다. 공사가 무사히 끝나고 다시 살구나무를 적당한 장소에 다시 심는다고 하니 다소 위안이 되기는 하지만, 주민들은 봄이면 아름답던 살구나무 꽃길을 결코 잊지 못하고 있다. 부디 공사가 잘 마무리되어 홍수를 비롯한 각종 재해 예방을 완벽히 하면서 다시 살구나무 길이 제자리를 찾기를 간절히 바란다.

낙화

4월도 하순. 온 천지를 아름답게 수놓던 봄꽃도 피었다간 그예 지고 말았다. 봄에 피어나는 꽃은 보는 우리를 설레게 한다. 지난겨울 모진 추위를 견디고 마침내 꽃망울을 터뜨리며 다투어 피어나는 꽃은 기쁨을 준다. 나는 간혹 내세가 있다면 천국은 꽃이 가득한 곳일 게라는 생각을 하곤 한다. 그렇게 천상의 아름다움을 보여준 봄꽃들도 이젠 언제 그랬냐는 듯 이어서 자취를 감추었다. 그러나 꽃은 사라져도 우리 곁에 꽃이 있었다는 기억만으로도 행복하다.

기억해 줄 사람이 있다면
아주 떠난 건 아닌 게다
지금은 뿌리째 뽑혀 흔적조차 없는
한 떨기 들꽃일지언정
가슴에 떨어진 꽃잎 묻고 살아가는
오직 한 사람 있다면 떠난 건 아니다
아주 떠나버린 건 아닌 게다
살아생전 귓불을 간질이던 산들바람
깔깔 웃어대던 작은 입술과
연분홍 꽃, 네 볼이 여전히 정겨움으로 남아
진달래 지천으로 피던 산자락보다 더 넓은
가슴 한구석 동그마니 남아 지었다가 피고
다시 지곤 한다면
살아 있는 보람보다 더한
사랑으로 남아 있는 게다
기억해 줄 사람이 있다면
떠난 게 아니다
곁에서 손잡고 부추겨주는 사랑으로 남아 있는 게다
기억해 주기만 할 양이면

    ― 「꽃잎으로」 전문. 『뒤로 걷기』 2011 예술의숲

얼마 전에 벚꽃을 다시 보기 위해 청주 무심천 제방 도로를 천천히 달린 적이 있다. 바로 며칠 전에는 청주 대교를 자동차로 스치듯 지나는 바람에 벚꽃의 아름다운 행렬을 제대로 보지 못한 것이 아쉬웠기 때문이었다. 그 사이 한 차례 비도 왔기에 설마 하는 마음으로 내 마음 속에 남아 있는 벚꽃 길을 향해 달렸다. 그런데 제방에 늘어서서 환하게 세상을 밝혀야 할 벚꽃은 이미 지고 있었다. 아쉬웠다. 세상을 환하게 밝힐 듯하던 그 아름답고 빛나던 꽃잎은 별로 남아 있지 않았고 제방 도로엔 바람에 날리다 여기저기 떨어진 작고 하얀 벚꽃 잎이 드문드문 보일 뿐이었다. 좀 더 일찍 서둘지 못한 아쉬움을 뒤로 하며 집을 향해 차를 몰았다.

그런데 내 마음속엔 스치듯 지날 때 언뜻 눈에 들어왔던 벚꽃의 아름다운 행렬이 가득 차 있었다. '그렇구나. 꽃은 졌어도 진 게 아니구나' 싶었다. 꽃은 그렇게 시각적 이미지를 중심으로 가슴에 남는가 싶었다.

이제는 벚꽃만이 아니라 봄을 다투며 피어나던 꽃들 대부분이 다 지고 없다. 그러나 그 꽃들이 졌다고 그대로 사라져 버린 것은 아니다. 봄이 가고, 여름이 오고,

가을이 오고, 겨울이 돌아오지만 꽃은 여전히 우리 마음속에 남아 아름답게 때로는 앙증맞고 때로는 화려하게 피어 있는 것이다. 신록의 계절에도, 낙엽 지는 때에도 가장 아름다운 모습으로 우리 속에 자리 잡고 있다. 꽃에 대한 기억은 꽃에 대한 그리움이고, 우리가 살아가는 삶의 에너지 원천이지 싶다.

벚꽃처럼 이름 있고 기품 있는 꽃만 그런 것이 아닐 것이다. 비록 들판에 피어난 이름 없는 들꽃일지라도 기억해 주는 것만으로도 꽃은 존재 가치가 있다. 들판에서 피어나는 한 송이 들꽃일지언정 그 꽃을 가슴에 묻고 기억하는 사람이 있다면 들꽃은 꽃의 역할을 이미 다한 것이다.

사람의 삶도 꽃의 삶과 다름이 없지 않을까 싶다.

가을걷이

　가을이 깊어가고 있다. 가을걷이도 마무리 단계에 접
어든 듯하다. 얼마 전 아들이 일구는 작은 농토에 손주
들이 몰려간 적이 있다. 밭에서 고구마, 고추 등 늦게나
마 추수 하기를 기다리고 있는 남은 작물을 마저 거둬들
일 겸, 어린 조카들에게 농촌 현장을 체험시키기 위해서
였다고 아들은 말한다. 사실 요즘 도심에서 사는 아이들
은 쌀이 밭에서 나는지 산에서 나는지도 모를 정도로 농
사에 통 관심이 없는 것 같아서 안타까웠는데, 마침 이런
기회에 어린 손주들이 밭에서 난 작물들을 매만지며 자
연과 어울리려고 생각하니 흐뭇하기까지 했다. 농촌 삶

의 체험이라고 해야 할 것 같았다.

실은 나도 아들을 키우면서 농사짓는 것도 직접 가르치면서 흙에서 자라게 하는 싶은 욕심도 있었다. 그런데 교직에 몸담고 있었던 직업상 그게 제대로 되지 않았다. 아들은 도심에서 자라 농사에 대하여는 전혀 모르고 자랐다. 그게 늘 안타까웠다. 아들이 농사에 손을 댄 건 장가를 들면서부터였다. 며느리와 아들은 집 근처의 텃밭을 얻어 틈틈이 농사를 짓기 시작했다. 그런 아들과 며느리가 참 대견스러웠다. 그런데 이제 어린 조카들에게까지 농촌의 삶을 맛보게 해준다니 고맙기 그지없었다.

이제 불과 세 살도 안 된 어린 손주 하린이가 그 작은 손으로 매운 줄도 모르고 고추를 매만지는 모습이 정말 귀여웠다. 두 살 위 언니인 하영이는 제 얼굴보다 훨씬 큰 고구마를 모종삽으로 어찌어찌 캐어 올리고는 환하게 웃었다. 동생들이 다칠세라 걱정스러운 얼굴로 쳐다보고 있는 여덟 살 난 큰 손녀 하은이의 모습도 대견스러웠다. 그 모습을 바라보는 나 역시 흐뭇했다.

밭에서 돌아오는 길에 우리는 근처에 있는 밤나무 숲에 들를 기회가 있었다. 가을은 들에서만 익어가는 게 아니라 산에서도 영글고 있었다. 손주들은 밤알을 주우며 시간 가는 줄을 몰랐다.

하영이가
제 콧잔등 보다 커다란 알밤을 들고
알밤 꼬리처럼 가는 눈으로 웃고 있어요
밤알 구르는 소리 까르륵

하영이를 기다리느라
봄부터 밤송이를 보살핀 햇살이
밤 숲 이슬 위에 퍼지고

생애 첫 수확
다섯 살이 들어 올린
가을 하나가
손바닥 위에서
동글동글 반짝반짝
웃고 있어요

나의 우주를 환하게 물들이고 있어요

  — 「밤알 하나」 전문.

가을은 이렇게 우리 곁에서 결실의 달콤함을 맛보게 했다.

생각도 깊어지고 평범한 일상이 더욱 소중해지는 가을. 삶의 단풍이 짙어지고 있었다. 집으로 돌아오는 동안 내 어릴 적 아버지와 함께 고구마를 캐던 때의 광경이 자꾸만 눈앞에 어른거렸다.

가을을 보내며

　가을은 단풍의 계절이다. 꽃이 아름다운 것처럼 단풍
또한 아름답다. 그래서 가을의 산하는 우리를 설레게 한
다. 여름내 푸름의 무성함 속에 감춰 두었던 자신만의
멋을 가을이 되어 한껏 드러내는 나무들은 제 살아온 빛
깔대로 옷을 갈아입고 사람들을 불러 모은다. 시인들은
가을의 아름다움을 노래한다. 단풍 든 풍경을 노래하고
예찬한다.

　그런데 가을은 그저 아름답기만 한 것은 아니다. 시인
들은 단풍의 아름다움을 예찬하면서도 속절없이 가는 계
절을 더 이상 붙들지 못해 안타까워하기도 한다. 만추의
끝자락을 붙들고 그 고운 단풍에 취하기도 하지만, 지는

낙엽 때문에 쓸쓸 해 하고 눈물짓기도 한다.

가을의 끝자락인 11월 말에는 겨울로 가는 길을 재촉하듯 비가 내렸다. 온 산하를 아름답게 수놓았던 단풍도 거의 졌다. 나뭇가지는 텅 빈 채 잎사귀 몇이 간신히 매달려 있을 뿐이다. 땅에 떨어져 누운 낙엽도 색이 바래고 발에 밟혀 스러져 갔다. 그 모습을 보고 있자니 우리 곁을 무심히 떠난 이가 한없이 보고 싶었다. 같이 웃고 같이 울던 가족이 떠난 가을이 한없이 쓸쓸하기만 했다.

> 비 오는 밤이 깊어갑니다
> 비 그치고 날이 밝으면
> 잎은 더 떨어지고
> 떨어진 잎사귀만큼 넓어진 가지 사이로
> 마음 놓고 불어온 바람이
> 비어가는 가지를 마저
> 흔들어댈는지요
> 찾는 이 없는 산날망에도
> 이 시간 비는 내리고
> 떨어져 내린 잎사귀 몇몇은
> 땅 위에 쓰인 이름자를 덮고는

잠시 뒤척이며 머물 수 있을는지요
단풍빛도 스러진 밤을
늦은 비가 재촉하고 있네요

－「겨울비」전문.

비 오는 가을밤이 깊어 가면 얼마 남지 않은 나뭇잎은
마저 떨어져 버리고, 가지 사이는 휑하니 비어, 바람만
불어온다. 벌어진 가지 사이로 허전함과 그리움이 복받
친다. 바람은 가지를 흔든다. 몇 남은 잎마저 이내 지고
만다. 떨어진 잎사귀는 목련공원에 자연장으로 모셔진
채 이름 세 글자만 남은 비석을 마저 가린다. 가을은 그
렇게 깊어간다. 그리고 겨울이 오고 눈이 내릴 것이다.
산날망에 누워 있는 비석은 비를 맞으며 계절을 보낼 것
이다. 이제 겨울이 오리라. 찬바람이 불고 눈이 내리리
라. 비석은 눈 속에 묻혀 그렇게 겨울을 맞이할 것이다.
꽁꽁 언 몸으로 찾는 이 드문 산중에 누워 아무런 말없
이 계절을 견딜 것이다.

겨울나무

12월, 나무가 바람을 맞고 서 있다. 바람 앞에 서 있는 나무를 보면 겨울이 더욱 춥게 느껴진다. 겨울나무 중에서도 특히 배롱나무가 그렇다. 배롱나무는 평소에도 껍질이 거의 없는 몸통인지라 따뜻하게 느끼지는 않지만, 겨울이 되면 헐벗은 몸에 몰아치는 칼바람에는 추위가 더 느껴지는 것 같다. 어쩌면 그 추위가 서러울 정도다.

배롱나무를 간지럼 나무라고도 한다. 벗은 몸통을 간질이면 그 떨림이 나뭇가지 끝까지 전해진다고 해서 간지럼 나무라고 한다. 그처럼 민감한 피부를 가진 배롱나무가 겨울이 되면 더욱 추위를 심하게 느낄 것이다. 저렇게 헐벗은 몸으로 두 팔을 벌려 온몸으로 추위를 안고 섰으니 세찬 칼바람이 얼마나 매서울까 싶다. 채찍을 맞는 듯 괴로울까 싶기까지 하다. 안타깝기조차 하다. 한때는 무성한 잎을 자랑하며 백 일 동안 붉은 꽃을 달고 있다고 하여 목백일홍이라 불리기도 하는데, 잎도 꽃도 없는 계절이 오면 배롱나무가 더욱 서럽게 느껴진다.

배롱나무는 여름에 붉은 꽃을 피우며 그 찬연한 자태를 온 천하에 뽐낸다. 이 아름다운 꽃을 피우기 위한 그동안 자신의 노고를 스스로 위로하듯 자태를 자랑하며 햇볕을 맞이한다. 많은 사람이 꽃의 아름다운 모습을 사랑하고 찬양한다. 나무는 그렇게 도도하게 백일을 뽐내며 지낸다. 그렇게 아름답고 멋진 시절이 있는가 하면 고통스러운 나날도 있다. 수십 일을 계속하여 비가 내리지 않아 가뭄에 지친 몸이 비비 꼬이고 온몸이 타들어 가기도 한다. 때로는 비바람에 헐벗은 몸에 생채기를 내면서 뒤틀어지기도 하고 가지가 꺾이기도 한다. 나무는 그렇게 여름과 가을을 보내고 겨울을 맞이한다.

겨울이 되면 나무는 다시 혹독한 시련을 맞이한다. 힘들고 괴롭고 견디기 힘든 겨울을 온몸으로 버텨 내야

한다. 나목이 겨울의 추위를 온몸으로 막아내고 견디고
있는 모습은 어찌 보면 나라를 위해 한 몸을 바치는 독
립투사의 강인한 모습 같기도 하고, 정신적 수련을 쌓
고 있는 도인의 모습처럼 느껴지기도 한다.

겨울 벌판에
언제까지라도 서 있는
나목이 되고 싶다

모든 일상을 떨구고
찬바람을 온몸으로 맞으며
실오라기도 걸치지 않은 채
홀로 바람 부는 벌판에 서고 싶다

그리하여 얼룩진 우리의 영혼이
유리알처럼 투명해지는 날
내 안의 저 깊은 뜨거움으로
되살아나고 싶다

– 「나목」 전문. 『어머니의 새벽』 2002 다층

이 시는 오래전에 썼던 작품이다. 작품을 쓰면서 나는 겨울 벌판에 서 있는 한 그루 나목이 되고 싶었다. 벌거벗은 채 몰아치는 바람을 온몸으로 맞으며 홀로 서 있는 나무가 되고 싶었다. 세파에 찌든 영혼이 깨끗해지기를 간절히 바랐다. 그래서 안에 있는 어떤 뜨거움으로 다시 살아나고 싶었다.

한 해가 달력 한 장에 매달려 있다. 희망찬 어린 시절과 열정적인 청년 시절을 보내고, 멋지고 대접받는 중년을 지낸 후, 노년에 접어든 신사처럼 우리 모두 끝내 12월을 맞아서 한 해를 마무리해야 한다. 한 해를 마무리하면서 벌판에 서 있는 나목처럼 계절을 지내며 얼룩져 온 일들을 깨끗이 지우며 힘들고, 어렵지만 한 해를 마무리했으면 싶다. 우리에게 닥친 찬바람일랑 우리의 얼룩진 영혼을 깨끗이 해 주는 벗으로 생각하고, 아직도 내 안에서 꺼내지 못한 뜨거움을 끌어내어 긴 겨울을 따뜻하게 보냈으면 싶다.

소나무의 겨울

소나무는 푸르다. 사철 푸르다. 가을이 되면 낙엽 지는 활엽수와는 달리 상록수인 소나무는 겨울에도 그 푸른빛을 유지한다. 그래서 예로부터 소나무는 절개의 상징물이 되기도 했고, 수많은 예술가의 사랑을 한 몸에 받아온 것 같다. 논어에는 '세한연후지송백지후조야(歲寒然後知松栢之後彫也)'란 구절이 있다. '날씨가 추워진 뒤에야 소나무와 잣나무가 늦게 시드는 것을 안다'라는 뜻이다. 추사 김정희의 유명한 그림 세한도(歲寒圖) 역시 변치 않은 친구의 우정을 소나무 그림으로 담아냈다는 설이 있다. 그만큼 소나무는 일반인은 물론 많은 예술가의 관심과 사랑의 대상이었다 해도 과언이 아닐 것이다.

사철 푸른 소나무. 나 역시 소나무를 좋아한다. 그리고 많이 보아왔다. 얼마 전까지 내가 근무하던 학교에는 소나무가 많았다. 특히 반송이 많았었는데 등치부터 여러 개의 줄기가 자라서 우산 모양의 반원형 형태로 자라는 모습이 보기에 참 좋았다. 운동장 가에 서 있는 반송의 행렬을 따라 걷는 등하굣길은 늘 즐거웠다.

그러던 어느 겨울날이었다. 우연히 소나무 아래 떨어져 있는 누런 솔잎을 보았다. '어라, 소나무도 낙엽이 지는구나!' 불현듯 떠오르는 생각에 머리 위에 있는 키 큰 소나무를 바라보았다. 그런데 솔잎의 윗부분은 분명 푸른빛을 띠고 있었지만, 아랫부분은 누렇게 변해 있었다. 겉으로는 푸른빛을 유지하긴 했지만 겨울 소나무는 속으로는 낙엽이 지고 있었다. 혹시나 잘못 본 것은 아닐까 싶어, 이 나무 저 나무를 살펴보았더니 모든 소나무가 다 그랬다. 소나무 밑에는 낙엽 진 솔잎이 누렇게 수북이 쌓여 있었다. 무슨 큰 발견이라도 한 듯한 기분이 되었다. 그제야 비로소 '송백지후조야'의 의미를 조금 깨달은 것이었다.

푸르던 잎이 지는 계절이 오면
소나무는 속으로 앓는다
여름처럼 성성한 잎
그대로인 척 당당한 체하지만
소나무도 춥다 겨울이 오면
남들 모르게 잎도 지고
찬바람엔 몸을 떤다

잎들이 혼돈 속으로 떨어지고
산야가 눈으로 묻혀버리는 계절이 오면

소나무는 푸른 잎 그 속에
누렇게 바랜 가슴 감추고
견뎌내고 참아내며
파랗게 떨면서도
의연한 척 기도한다

남에게 희망을 주는 일이란
그렇게
내 아픔을 견뎌내는 것이다

― 「소나무의 겨울」 전문. 『꽃에게 전화를 걸다』 2021 시산맥

한겨울 혹한을 견뎌내다 보면 소나무도 사실은 추위를 느낄지도 모를 일이다. 낙엽이 지지 않을 뿐 소나무도 다른 나무들과 마찬가지로 혹독한 추위를 속으로 참으며 견뎌내고 있으리라. 의연한 척 겉으로는 푸른 빛을 유지하고 있기는 하지만 추위에 어쩔 수 없이 몸을 떨고 있을지도 모른다.

이제 겨울도 거의 지나가고 있다. 그런데 얼마 전 동네 공원에 산책하러 가다 보니 공원 안의 소나무 잎이 추위에 지친 것 같은 느낌이 들었다. 그날은 아침에 눈발이 날렸었다. 솔잎을 보니 푸르긴 했지만, 어딘가 힘이 빠지고 지친 듯한 모습이었다. 한겨울을 지내고 겨우 봄이 오나 싶었는데 다시 눈발이 날리니 힘이 빠질 만도 하다는 생각이 들었다.

그러면서 소나무의 삶이 사람의 삶과 그리 다르지 않다는 생각이 들었다. 누군가에게 희망을 주는 일이란 그렇게 내 아픔을 견뎌내는 것이라는 생각이 들었다. 이제 며칠 뒤엔 달이 바뀌고 우리 사회에도 큰 변화가 있으리란 생각이 든다.

소나무의 푸른 겨울처럼 많은 사람에게 희망을 주는 일이 많았으면 싶다.

선물

　지난겨울, 나는 승용차를 야외로 몰고 있었다. 갈 데가 특별히 정해진 건 아니지만 집안에만 있기에는 답답했기 때문이었다. 코로나19가 지속되다 보니 몸도 마음도 지칠 대로 지친 느낌이었다. 방에만 있는 게 쉽지 않았다. 텔레비전을 보고, 신문을 뒤적이고, 책도 읽어보곤 하지만, 비슷한 행동을 반복하면서 시간을 보내기란 쉽지 않은 일이었다. 운전석 옆자리에 앉아 있던 아내도 같은 느낌이었던지 밖으로 나오면서 표정이 다소 밝아진 듯했다. 목적지가 어디냐고 묻는 아내의 말에 묵묵히 차만 몰았다. 사실 갈 데가 없었다. 어디 유원지에라도 가보고 싶지만, 그곳 역시 마스크를 쓰고 사람들을 피하며 걷는다는 것이 내키지 않았다. 오랜만에 처가에라도 들러 보면 어떨까도 싶었다. 그런데 처가 역시 도심 한복판이고, 그곳 역시 코로나19가 창궐하던 때인지라 선뜻 내키지 않았다. 그러다가 어느 순간 아내와 나는 눈이 마주쳤다. 갈 곳을 찾은 것이다.

우리는 인근 도시에 있는 산으로 향했다. 그곳은 바로 장인어른이 누워 계신 곳이었다. 차를 산 아래에 주차하고 길을 걷기 시작했다. 예상한 대로 다른 사람은 보이지 않았다. 드문드문 눈이 보였다. 차가운 겨울바람이 이마를 스쳤다. 그렇게 30여 분을 걸어서 묘지에 도착했다. 역시 아무도 보이지 않았다. 우리는 비로소 마스크를 벗었다. '아!' 저절로 감탄사가 튀어나왔다. 나는 숨을 깊이 들이쉬었다. 맑고 깨끗한 공기가 가슴 속으로 파고들었다. 상쾌했다. 코로나에서 해방된 듯한 느낌이었다. 아내도 가슴을 뒤로 젖힌 채 환하게 웃고 있었다. 우리는 그렇게 10여 년 전에 신종플루라는 무서운 전염병으로 유명을 달리하신 장인어른 묘소에서 자유롭고 상쾌한 기분으로 맑은 공기를 마음껏 들이켤 수 있었다. 묘지를 둘러보며 장인어른이 우리에게 남겨주신 것만 같은 깨끗한 자연 속에 한동안 머물 수 있었다.

그 뒤로 우리는 종종 장인어른의 산소를 찾았다. 물론

그때마다 장인어른은 우리에게 깨끗하고 맑은 공기를 선물로 주셨다. 그리고 봄이 되어 청주에서 가까운 공원묘지에 잠들어 계신 내 아버지와 어머니의 묘지도 찾았다. 한 달에 한 번 또는 두 번, 내 어린 시절에 작고하신 아버지와 몇 해 전에 아버지 곁으로 가신 어머니는 우리에게 맑고 깨끗한 공기 외에도 곱디고운 꽃을 선물해 주셨다. 공원에는 목련이나 벚꽃 그리고 철쭉을 비롯한 온갖 꽃들이 연이어 피어나고 있었다. 오이꽃, 고들빼기꽃 등으로 이름도 모르던 들꽃도 많았다. 휴대전화에서 인터넷으로 꽃 검색을 하면서 꽃 이름을 외워나가곤 하였다. 얼마 전 아버지의 기일에는 동생 내외와 우리 부부 그렇게 넷이서 공원묘지를 찾았다. 그날도 부모님은 우리가 올 것을 미리 알고 계셨는지 공원 전체에 꽃 잔치를 벌여놓고 계셨다. 특히 꽤 오래되었을 법한 나무에는 탐스럽기까지 한 붉은 꽃들이 가득 피어 있었다. 우리는 그 꽃나무를 배경으로 사진도 찍었다. 묘지를 찾다 보면 엄숙하고 슬픈 마음이 드는 게 인지상정이긴 하지만, 우리는 아버지와 어머니가 선물로 주신 자연의 아름다움 속에 빠져들며 순간순간 웃고 때로는 애틋하고도 엄숙한 표정으로 부모님을 그리워하며 공원에 머물 수 있었다. 공원에도 역시 사람들은 별로 눈에 띄지 않았다.

　숙연함과 그리움을 가슴에 안은 채 아마 앞으로도 우리 내외는 공원묘지를 자주 찾을 것 같다. 물론 장인어른도 찾아뵐 것이다.

　힘들고 어려운 날이 계속되더라도 이 귀한 선물을 소중히 간직하고 누리면서, 물려주신 그 따뜻함을 가슴에 가득 품고 기억할 것 같다.

2부

장모님, 우리 장모님

장모님은 그렇게 자신의 사랑은
김치를 담가 주시는 것으로 대신하신다.
시장에 싱싱하고 좋은 식재료가 나오기만 하면
이내 사들이시고, 어김없이 아내에게 전화 하신다.
덕분에 우리 집 냉장고엔 김치가 떨어질 날이 없다.

꿈나무

봄이에요. 봄. 학교에 갓 입학한 초등학교 새내기들이 새롭고 신기한 표정으로 조르르 뛰어간다. 새봄을 맞아 꿈을 품고 학교로 향하는 어린 학생들을 바라보노라니 이제는 까마득히 멀어진 그 시절이 몹시 그리워진다. 엄마 손을 붙들고 등굣길에 오르던 내 초등학교 시절. 입학식이 있던 등교 첫날, 조회대 앞에 줄 맞추어 서야 하는 것도 모르고, 미끄럼틀에 온통 정신을 뺏기고 놀았던 기억이 어렴풋이 나기도 한다.

한글을 겨우 익히고 난 초등학교 2학년 때였다. 나는 초등학생을 대상으로 교육청이 주최하는 백일장에 참가

하여 우연히 입상하였다. 그것이 계기가 되어 시골 초등 학교에서 글짓기로 주목받는 꿈나무가 되었다. 그런데 그 꿈나무의 역할은 결코 순탄한 것이 아니었다. 그 시 절엔 군내 학교 대항 학예경연대회가 있었는데, 이 대회 에 대한 선생님들의 관심이 아주 많았다. 그래서 어린 시절의 나는 마치 글짓기 선수가 된 듯 매일 매일 방과 후에는 글짓기에 매달려야 했다. 글짓기 담당 선생님께 서 제목을 주시면 머리를 짜내어 원고지를 메우는 일이 거듭되었다. 어떤 때는 잘 썼다고 칭찬도 받았지만, 잘못 된 부분을 지적당하기 일쑤였다. 열심히 썼는데도 꾸중 을 들을 때마다 글짓기를 그만두었으면 하는 마음이 간 절했다. 그러다가 결국 부모님을 졸라 글짓기를 그만두 었다. 그리고 수업 후에는 신나게 놀기만 했다.

그렇게 몇 달이 흘렀다. 글짓기 말고는 이렇다 할 특 기가 없던 때문인지 선생님들도 나에게 관심을 두지 않 는 듯했다. 얼마나 시간이 흘렀을까? 글짓기 담당 선생 님께서 슬그머니 부르셔서는 다시 글짓기를 해보지 않 겠느냐고 권하셨다. 그 무렵 나는 그냥 놀기만 하는 것 에도 좀 물려 있던 데다가 다른 친구들은 주산이다, 운동이다 하며 나름대로 특기, 적성 수업에 매달려 있는데 나만 뒤처지는 것 같다는 생각이 들기도 했던 터였다. 결국 나는 다시 방과 후에는 글짓기에 매달렸다. 그리고 매일 매일 선생님이 주신 제재로 원고지를 메우는 일을 몇 년 동안이나 계속했다. 글짓기 때문에 기쁜 일도 여러 번 있었다. 글짓기 선수가 된 나는 학교를 대표하여 여러 가지 백일장에 참가했고, 상을 타기도 했다. 어떤 때는 부상으로 하모니카를 받고 기뻐서 환호성을 올리기도 하였다. 한 번은 학교에 경찰서장님이 오셨다. 그날 우리는 운동장에 모여 서장님의 훈화 말씀을 들을 기회가 있었는데, 그 자리에서 내 이름이 호명되었다. 경찰서에서 주최하는 글짓기 대회에서 최우수상을 탔던 거였다. 어린 나는 그렇게 높은 분과 조회대에 올라가 악수도 하고 상장과 부상을 받으며 기뻐했다. 어릴 적의 그런 활동이 결국은 내 삶의 방향점이 되었을 것이라는 생각이 든다.

가끔 로버트 프로스트의 '가지 않은 길'이란 시가 생각날 때가 있다. 어린 시절 친구 중의 몇몇은 주산에 집중하더니 끝내 금융 계통에서 일하는 사람이 되었다.

'내가 만약 어린 시절에 글짓기 말고 다른 활동을 열심히 했더라면 나의 삶은 지금쯤은 어떻게 변했을까?' 하는 생각이 들 때도 있다. 그러면서도 '그 시절부터 닦아 온 글짓기 활동이 훗날 내가 국어 교사로 교직에 오랫동안 봉직할 수 있었던 계기로 작용했을 것이라는 생각이 든다.

초등학교로 향하는 어린 학생들을 보면서 이들 앞에 다가올 미래가 궁금해진다. 이 어린아이 중에는 어쩌면 나처럼 우연한 계기에 자신의 특기와 적성을 발견하고 그것이 끝내 평생을 좌우할 직업으로 연결될 수도 있으리라는 생각도 든다. 그렇기에 교육은 일반 교과 수업은 물론 동아리 활동을 포함한 모든 면에서 조금도 소홀히 할 수 없는 것이 아닐까 싶다. 교육자나 부모님을 포함하여 학생들을 지도해야 할 우리에게는 학생들이 더욱 다양한 체험을 하게 해야 하고 그것이 꿈으로 연결될 수 있는 계기를 마련해 주는 데 소홀함이 없어야 할 것 같다. 그리고 그런 교육 활동에 학생이 스스로 열심히 할 수 있도록 인내를 가지고 기다려 주어야 한다는 생각도 든다.

자전거

아침 출근길이었다. 직장까지 그리 먼 거리는 아니지만 걷기에는 시간이 빠듯했다. 그렇다고 시내버스를 타자니 등교하는 학생들로 붐빌 것이 걱정되었다. 아파트 화단을 지나며 자전거 거치대에 놓여 있는 오래된 내 자전거에 눈이 갔다. 쌓여 있는 먼지를 대충 털어냈다. 자전거는 그런대로 굴릴 만 하였다. 아파트 단지를 지나 인도와 함께 설치되어 있는 자전거 길로 페달을 밟았다.

문득 어린 시절 자전거 타기를 처음 배우던 때가 떠올랐다. 초등학교 3학년 때였던 것 같다. 그 시절엔 어린이용 자전거가 따로 있었던 게 아니어서 아버지께서 타지 않으시는 틈을 보아서 겨우 빌려 탈 수 있었다. 그리고 운동장에서 혼자 자전거 타기를 배워야만 했다. 그 시절 어린 나에게 아버지의 자전거는 무척이나 크고 무겁게 느껴졌다. 자전거를 끌고 가다가 메어치기도 여러 번 하였다. 타고 싶은 마음은 급했지만, 자전거 타기가 그렇게 쉽게 되지는 않았다. 겨우겨우 자전거를 몸 옆에 댄 채 페달에 발을 올려놓고 조금 앞으로 가다 보면 어김없이 곤두박질쳐서 무릎이 까지고, 팔꿈치가 벗겨진 것이 몇 번인지도 모르겠다. 아버지는 직장 일에 많이 바쁘신지 나에게 자전거 타기를 가르쳐 주실 시간적 여유가 없으셨던 것 같다. 그런데도 내가 상처를 입고 돌아온 날이면 빨간 약을 발라주시면서 용기를 주시곤 했다. '넌 할 수 있어'라고. 겨우 자전거 몸체 옆으로 발을 넣어 페달을 구르자 드디어 자전거가 쓰러지지 않고 앞으로 나갔다. 그때의 기쁨이란 실로 컸다. 마침내 자전거 안장 위에 앉아 운동장을 달릴 때는 말을 타고 초원을 누비는 영웅이나 된 것처럼 즐거웠다. 내 빛나던 유년.

자전거는 그 뒤로 나에게는 뗄 수 없는 친구 같은 존재가 되었다. 중학교 1학년 때 나는 학교 운동장에서 까불며 놀다가 그만 다리가 부러지는 사고를 당했다. 그때 아버지는 멀리 진천에서 청주까지 자전거를 타고 오셔서 나에게 자전거를 통학용으로 전해 주셨다. 나는 다리뼈가 붙어 정상적으로 걸을 때까지 자전거에 의존하여 등하교 하였다. 시간이 지나 다리는 다시 건강해졌다. 어느 날 자전거를 타고 아버지가 자전거를 전해 주시기 위해 오셨던 그 비포장 길로 진천을 향해 자전거를 몰았다. 몇 시간 뒤 진천 읍내에 있던 우리 집 마당으로 자전거를 타고 쑥 들어갔을 때 내 모습을 보시고 아버지는 많이 놀라신 듯했다. 그러면서도 대견스럽게 바라보시던 아버지의 모습을 지금도 잊을 수가 없다. 아버지는 내가 중학교 2학년이 되던 봄에 병환으로 돌아가셨다. 그리고 아버지가 물려주신 자전거는 그 뒤로도 나의 단짝 친구로 남아 중학교와 고등학교 시절을 함께 해주었다. 나의 자전거 여행은 대학교 때까지 이어졌는데, 한번은 청주에서 친구와 함께 괴산 장연에 사는 친구네 집에 자전거를 타고 간 적도 있다. 나이가 들어 장가를 가고 아이를 낳아 길렀다. 그렇게 세월은 갔다. 물론 내 자식들도 자전거 타기를 즐겼다.

페달을 밟으며 가는 출근길이 상쾌했다. 죽천교 옆에서는 잠시 멈추어 서서 개천에서 놀고 있는 물고기를 바라보는 즐거움도 가져 보았다. 천천히 자전거를 몰면서 조금씩 달라지는 도심 건물의 모습도 살펴보고, 우연히 만나는 동네 분들과 가벼운 눈인사를 나누었다.

신호등 앞에 서서 상상해 보았다. 눈앞에 펼쳐진 깨끗하고 안전한 도로, 질서 있게 움직이는 자동차의 흐름, 밝은 표정의 시민들. 녹음이 짙어가는 가로수길.

그 길로 신명 나게 페달을 밟는 사람들.

꼬꼬와 삼계탕

　8월도 중순. 더위가 절정이라는 말복도 지났다. 올여름은 예년보다 더 힘들었던 것 같다. 어떻게 지냈나 싶다. 문득 복날 먹던 삼계탕이 눈에 아른거린다. 보글보글 끓어오르던 닭의 뽀얀 속살. 거기에 몸에 좋다는 인삼 한 뿌리까지 입에 넣다 보면 어느새 더위도 물러가는 듯했다.

　삼계탕 하니 어린 시절이 떠오른다. 그 시절 시골 우리 집에는 비교적 넓은 마당이 있었다. 군청에 다니시던 아버지는 마당에 가축을 기르셨다. 한편엔 돼지우리가 있었고, 다른 한쪽엔 닭장이 있었다. 나는 아버지와 함께 동물 가족들에게 먹이를 주는 게 참 좋았다. 먹이를 줄 때면 돼지는 신나서 꿀꿀거렸다. 닭들도 모이를 주는 대로 우르르 몰려들어 쪼아대는 모습이 보기 좋았다. 넓은 닭장 안에서 닭을 놓아기를 때까지 우리 집안은 평화로웠다.

그러던 어느 날, 불운이 닥쳐왔다. 닭 '콜레라'라는 무서운 전염병이 돌았던 것이었다. 애지중지 기르던 닭들은 하루아침에 주검으로 변해갔다. 아버지는 결국 양계를 포기하기에 이르렀다. 그 일이 있었던 뒤 우리 집안에서는 아무도 '닭'이라는 단어를 입에 올리면 안 되었다. 아버지의 심기를 건드리면 안 되기 때문이었다. 그게 묵계였다.

그러던 중에 막내가 초등학교에 입학했다. 그리고 얼마 지나지 않아서 철모르는 어린 동생은 학교 앞에서 병아리 한 마리를 사서 가지고 왔다. 우리 식구들은 '정말 큰일 났구나' 하는 조마조마한 마음으로 아버지가 퇴근하시길 기다렸다. 아버지가 퇴근 하시고 얼마 안 되어 집안에 병아리 소리가 난다는 것을 알게 되셨다. '이제 어떻게 될까?' 식구들은 숨죽여 아버지의 처분을 기다렸다. 죄지은 사람처럼. 불벼락이 내릴 줄 알았다. 천만다행으로, 아버지는 그냥 넘어가 주셨다. 막냇동생이 아무 사정도 모르고 철없이 병아리를 사 왔던 것이니 아버지도 어쩌시지 못하신 모양이었다. 구사일생으로 살아남아 마당 구석 여기저기를 돌아다니는 노란 병아리는 정말 귀여웠다.

그런데 다음이 문제였다. 우리 집에는 더 이상 닭에게 줄 사료가 없었다. 그래서 병아리는 가족들이 식사하다가 한두 수저 던져주는 밥을 먹고 자라게 되었다. 물론 마당 구석구석을 돌아다니며 제 살길을 찾기도 했지만, 가족이 식사할 때가 되면 어김없이 밥상 주변을 배회하는 거였다. 가족들은 병아리를 '꼬꼬'라고 불렀다. 꼬꼬는 점점 자랐다.

꼬꼬는 여전히 식구들의 밥상을 넘보았고 식구들은 밥 수저를 다 자란 닭에게 양보하곤 했다. 어미 닭이 되어도 꼬꼬와 정이 든 우리는 밥상에 달려드는 꼬꼬를 적당히 쫓다가 밥을 던져 주곤 하면서 지냈다. 우리는 식사를 주로 대청마루에서 했는데 그게 꼬꼬에게는 생존에 유리했다. 마당에서 놀다가 꼬꼬가 밥상으로 다가 오면 밥을 던져주면 되었으니까. 문제는 겨울이었다. 한 번은 안방에서 식사하는데 꼬꼬가 조금 열린 문틈을 비집고는 안방까지 들어왔다. 가족들이 꼬꼬를 쫓았지만 쫓을수록 닭은 마치 천장에 닿을 듯 꼬꼬댁거리며 푸드덕푸드덕 날아다녔다. 닭도 날 수 있다는 것을 그때 알았다. 밥상은 엉망진창이 되었다. 그 뒤로 꼬꼬는 천덕꾸러기가 되었다.

그러던 어느 날 학교에서 돌아온 뒤 차려진 밥상에 닭고기가 놓여 있었다. 웬일인가 싶었다. 닭고기를 입에 넣다가 문득 꼬꼬가 궁금했다. 어머니께 물었다. 가족들은 말없이 닭고기를 열심히 뜯고 있었다. 그 닭고기는 바로 꼬꼬였다. 나는 울음을 터트렸다. 막내도 따라 울었다. 울고 있는 내게 엄마는 닭고기를 입에 밀어 넣었다.

더위와의 힘겨운 싸움을 벌이고 있는 여름도 이제 얼마 남지 않았다. 삼계탕을 먹을 때면 가끔 '꼬꼬'가 보고 싶다. 미안하다는 생각도 든다. 그리고 고향 집의 닭장과, 돌아가신 지 오래된 아버지도 그립다.

여름

여름이다. 시원한 나무 그늘에서 쉬고 싶은 계절이다. 어린 시절 나는 이제는 돌아가셔서 추억으로만 남으신, 어머니의 성장지이기도 한 시골집에서 형제자매와 같이 자랐다.

우리 집 사랑방 바로 앞에는 포도나무가 한 그루 있었다. 나는 포도나무에 잎이 돋아 자라기 시작하면 꿈을 꾸었다. '이제 얼마 후면 포도가 달릴 거야.' 상상할수록 기대는 커갔다. 까맣고 달콤한 포도가 주렁주렁 달리길 고대하며, 아침저녁으로 포도나무를 바라보곤 했다. 한 그루이긴 하지만 포도나무 넝쿨이 길게 벋어 우리 집 사랑방 앞은 포도나무 그늘이 저절로 만들어졌는데, 나는 그 밑에서 열심히 그 나무를 바라다보곤 했다. 그러던 어느 날 포도나무가 파란 알갱이 같은 것을 매달았다. '이제 저것들이 커져서 포도가 되는 거야.' 마음속으로 외치며 포도나무에서 눈을 떼지 못했다. 그러던 어느 날, 포도나무는 그렇게 기다리던 포도송이를 정말 눈앞에서 매달았다. 그런데 첫 열매는 내 차지가 아니었다. 상대적으로 키가 컸던 누나의 시식이 끝나고 내 차례가 되어야 겨우 포도 한 알을 입에 넣을 수 있었다. 그 순간의 기쁨이란 참으로 달콤한 것이었다.

집 울타리를 따라서는 호박이 자랐고, 울 안 텃밭에는 가지며 오이, 상추가 자랐다. 어머니는 반찬을 거의 울안에서 해결하시는 편이어서, 우리 가족은 울안에서 자라는 오이며 가지, 상추, 그리고 된장국에 넣은 호박잎을 먹고 지냈다. 한쪽으로는 돼지우리도 있었는데, 그 돼지우리 지붕 위에는 하얗고 둥근 박이 자랐다. 달빛에 비치는 박을 보며 참 희고 예쁘다고 생각하곤 했다.

뒤꼍에는 우물이 있었다. 꽤 깊은 우물이었는데, 여름이 되면 우리 가족은 수박을 두레박에 담아 이 우물에 담가놓곤 했다. 수박이 시원해지기를 기다리는 시간, 우리는 참으로 즐거웠다. 몇 시간 뒤 대청마루에 둘러앉아 우물에서 막 꺼낸 수박에 부엌칼을 꽂는 순간, 쩍 갈라지던 소리는 여름을 확 물러나게 하는 그런 거였다. 그렇게 우물은 식수로도 쓰였지만 때로는 냉장고도 되어 한여름 우리를 지켜 주었다. 그리고 우물가는 식구들이 번갈아 등목하며 더위를 식히는 장소이기도 했다.

집에서 좀 떨어진 곳에는 하천이 흘렀다. 어린 우리는 여름에는 하천을 따라가며 놀았다. 좀 깊은 곳은 자연스럽게 풀장이 되어 초등학교 친구들은 하교 후나 방학이면 늘 이 하천 풀장에서 만나곤 하였다. 그때 배운 수영이 바로 개헤엄이었다. 네 발로 물을 헤치고 나가는 이 영법은 나름대로 장점이 많은 영법이었다. 일단 머리를 물 밖으로 내놓을 수 있어서, 힘만 조절하면 얼마든지 떠서 수영을 즐길 수 있었다. 일단 물에 익숙해지기만 하면 친구들은 너나없이 개헤엄을 치기 시작했다. 물놀이하면서 그렇게 시간 가는 줄 몰랐다. 가끔은 귀에 물이 들어가기도 했는데 그럴 때 깨금발로 깡충깡충 뛰면 신기하게 귀에서 물이 빠지곤 했었다.

이제는 고향에서의 그 모든 것이 추억 속에 남았다. 그래도 추억에 깃든 내 어린 시절은 힘겨운 이 시대에 새로운 희망으로 남는다.

만화책과 아버지

오랜만에 집에 들른 아들과 나란히 소파에 앉았다. 대화는 별로 없었다. 나는 텔레비전을 보고 아들은 게임을 하는지 휴대전화에 빠져 있었다. 그러다가 문득, 아들이 묻는다. 아들이 어렸을 때 게임에 빠져 있어도 아버지인 나는 왜 심하게 야단치거나 말리지 않았느냐는 질문이었다.

아들의 질문을 받고 나니 어릴 때 일들이 뇌리를 스쳤다. 초등학교에 다닐 무렵 내가 살던 동네에는 서점이 딱 하나 있었다. 서점이라고는 하지만 만화책을 빌려주는 게 전부인 만홧가게였다. 당시만 해도 아이들의 놀이

시설은 거의 없어서 구슬치기나 자치기, 여름이면 개천에 나가 물놀이를 하는 게 고작이었던 시절이었다. 그러다 보니 동네에 딱 하나 있는 만홧가게가 문전성시를 이룰 수밖에 없었다. 나 역시 만화 보기를 좋아했다. 용돈이 생기면 어김없이 만홧가게에 들러 열심히 만화를 빌려 보았다. 재미있었다. 만화책 중에서 특히 좋아했던 만화는 '동물전쟁'이라는 만화였다. '케리', '제니', '베스', '검둥이'와 '반둥이' 같은 개나 고양이 같은 동물들을 의인화하여 연합국과 침략국의 전쟁을 그린 작품이었다. 나는 '동물전쟁'을 참 열심히 읽고 또 읽었다. 멍멍 군의 '진돗개' 사령관과 '케리' 연대장, 그리고 적군 부대인 흑고양이, 늑대, 흑점이 상사들이 벌이는 다채로운 이야기 전개에 손에 땀을 쥐고 빠져들 수밖에 없었다. 만화를 보고 온 날이면 낮에 보았던 만화를 흉내 내어 열심히 그렸다. 집에서도 그리고, 학교에서도 그렸다. 그리고는 그렇게 그린 소중한 만화를 친구들에게 선물하곤 했는데, 친구들은 내가 그린 만화를 좋아해 주었다. 친구들도 역시 그 만화책을 많이 읽었던가 보다.

그러나 만화를 마음 놓고 보던 평화의 날은 계속되지

않았다. 만화에 빠져 살던 어느 날 자식을 사랑하셨지만, 지극히 엄격하시기도 하셨던 아버지께 내가 만화에 빠져있다는 정보가 들어가고 말았다. 그때만 해도 '만화는 나쁘다'라는 등식이 일부 어른에게는 있으셨던 것 같다. 유교적인 전통에 젖으신 아버지는 장남인 내가 저질 만화 같은 것에 빠져 사는 것을 용납하지 않으셨다. 몇 번의 경고가 있었다. 하지만 만화 '동물전쟁'의 유혹은 그 무서운 아버지의 경고도 결코 막지 못했다.

결국 아버지와 저녁 밥상을 같이 하다가, 아버지의 충신인 동생의 신고로 아버지의 분노가 대폭발하기에 이르렀다. 내 볼에 아버지의 커다란 손이 날아오기를 반복하였다. 정신이 없었다. 억울했다. 나는 아버지의 말씀대로 공부도 열심히 했고, 학교에서는 반장이었고, 글짓기도 잘했는데……. 나는 아버지께 다시는 만홧가게에 가지 않겠다고 맹세를 거듭한 끝에야 아버지의 분노로부터 간신히 놓여날 수 있었다. 그러나 동생과의 머리싸움에서는 내가 한 수 위였다. 나의 몰래 만화 보기는 6학년 때까지 이어졌다.

내가 만화에서 손을 뗀 건 중학교 입학시험을 보고

나서였다. 우연히 들른 만홧가게에서 주인아저씨가 엉뚱한 질문을 하셨다. 중학교 입학시험은 합격했느냐는 것이었다. 그 말을 듣고 나는 깜짝 놀랐다. 그때 나는 그 어렵다는 전통의 명문중학교에 합격한 상태였다. 친구들의 증언을 듣고서야 주인아저씨는 놀라는 눈치였다. 만화에만 빠져 살고 공부는 안 하는 줄 알았던 악동이, 그 어려운 중학교 입학시험에 합격했다는 사실이 놀라웠던 모양이다. 그리고는 아주 큰맘 먹으셨는지 엄청난 제안을 하셨다. '너 오늘부터 우리 집 만화는 공짜로 보여줄게.' 그 말씀을 듣고 나는 다시는 그 가게에 얼씬하지 않았다. 왜 그랬는지 나도 당시 나의 심리 상태를 잘 모르겠다.

내가 그토록 열심히 읽던 그 만화가 최경 작가의 작품으로 60년부터 80년대까지 154권이나 시리즈로 발간되어 역사에 남는 불후의 명작이었다는 것을 안 것은 한참 뒤의 일이었다.

아들의 질문에 대답이 되었는지 모르겠다.

오늘 모처럼 하늘이 참 맑다.

볼 따귀에 이어졌던 아버지의 손길이 그립다.

손주 맞이

    손주가 태어났다. 아내와 함께 경건한 마음으로 기도 드렸다. 건강하게 태어나 무럭무럭 자라기를…….

    딸들과 며느리가 고맙게도 임신하여 입덧으로 고생하는 동안, 우리 부부는 하나님의 축복에 감사 기도를 드렸다. 그리고 산모와 아이가 건강하기를 기도 하며 겸허한 마음으로 하루하루를 지냈다. 그렇게 시간은 가고 산모의 배는 날이 갈수록 불러왔다. 해산일이 다가오면서 우리 내외의 손주 맞이는 부산했지만 즐겁고도 조심스러웠다.

    첫 손주가 태어날 때, 아내와 함께 며칠씩 집 안 구석구석을 깨끗이 청소 하였다. 방과 거실은 물론이고, 신발장과 현관까지 쓸고 닦기를 거듭했다. 나도 아내도 첫 손주를 맞이하는 것은 기쁘고도 가슴 설레는 일이었다. 처음으로 할아버지가 되고 할머니가 되는 거룩한 일이었다. 그렇게 우리는 첫 손주를 맞는 경사를 맞이했다. 그리고 첫 손주가 태어나 무럭무럭 자랐다.

그리고 얼마 지나 둘째 손주가 태어날 때가 되었다. 그때 우리 집 베란다에는 타일이 몇 장 떨어져 불편했다. 어찌할까 고민만 하고 있던 터였다. 문득 타일을 직접 붙여 보고 싶다는 생각이 들었다. 공사비도 공사비였지만 새로 태어날 손주를 위해 나 자신이 정성껏 해보고 싶다는 생각도 들었다. 국어를 가르치는 일로만 반평생을 살아온 나에게 그 일은 큰 도전이었다. 조심스러운 마음으로 타일을 한 장 한 장 붙였다. 작업 결과가 기대되었다. 그렇게 하루가 갔다. 두근거리는 마음으로 타일 위를 걸어 보았다. 그러다가 환호성이 터져나왔다. 타일이 단단하게 붙어 있었던 거였다. 나는 무슨 큰 공사를 해낸 듯 기뻐서 소리를 질렀다. 둘째 손주도 건강하게 태어나 무럭무럭 자랄 것이라는 확신이 들었다. 아내도 내 모습을 쳐다보며 활짝 웃었다.

셋째 손주가 태어날 때는 화장실 줄눈 공사에 돌입했다. 이미 베란다 타일 공사로 성공한 경험이 있던 터라 줄눈도 직접 그어 보고 싶었다. 그러는 게 새로 태어날 손주에게 떳떳할 것 같았다. 손주가 크면 할아버지가 너를 그렇게 정성을 다해 맞이했노라고 말해 주고 싶었다. 화장실의 타일은 모두 단단하게 잘 붙어 있었지만, 타일 주변의 하얀 줄이 검게 변하여 전체적으로 어둡고 칙칙한 분위기가 마음에 들지 않았다. 산모가 보기에도 깨끗한 화장실을 사용했으면 싶었다. 그래서 줄눈을 긋기 시작했는데, 이 또한 그런 일을 평생 해보지 않은 나에게는 쉬운 일이 아니었다. 바닥과 벽면에 줄눈을 정성껏 긋고 또 긋다 보니 어느새 화장실은 몰라보게 깨끗해졌다. 나는 이번에도 무슨 대역사를 마친 듯 가족들 앞에서 자랑을 늘어놓았다. 아내도, 딸도, 아들도, 사위도 나에게 박수를 보냈다.

칭찬에 춤을 추는 고래가 된 나는 넷째 손주가 태어날 때도, 다섯째 손주가 태어날 때도 역시 그랬다. 청소하는 것은 물론이고 커튼을 새로 갈기도 했고, 도배를 다시 하기도 했다. 그러는 게 다시 태어날 아이에 대한 예의 같았다. 거룩한 생명을 맞이하는 기본이라는 생각도 들었다.

올겨울이 되면 손주가 또 태어난다. 우리 내외는 간절한 마음으로 손주 맞이 준비에 정성을 다할 것이다.

그리고 또다시 손주가 태어난다.

하나는 안고, 또 하나는 업고

아내가 하나를 안고, 또 하나는 업고 거실을 서성였다. 태어난 지 채 백일이 되지 않은 어린 손주를 잠시 업어 주는 사이, 이제 얼마 있으면 첫돌을 맞이하는 다른 손주의 질투심을 이기지 못하고, 하나를 업은 채 다른 하나는 안고 있게 된 것이다. 업은 손주는 둘째 딸이 낳은 손자이고, 안은 손주는 큰딸이 낳은 셋째 손녀다.

둘째 딸이 친정에 다니러 왔기에 잠시 손자를 안아주는데 우리 내외와 같이 사는 손녀가 할머니의 사랑을 뺏기지 않으려는 듯 울음보를 터트리는 바람에 어쩔 수 없이 두 아이를 안고 업고 허둥대는 것이다.

안쓰러운 생각에 거들어 볼 양으로 두 손을 내밀었지

만, 손주 녀석 둘 다 나에게는 오려 하지 않는다. 아이를 업고 구부정한 채로 또 다른 아이를 안고 있는 모습이 여간 힘들어 보이는 게 아니다. 그런데도 아내는 웃는 얼굴이었다.

변명이지만 나도 가끔은 손주들과 놀아 줄 때가 있기는 하다. 녀석들이 제 어미젖을 잘 먹고 난 뒤 기분이 좋을 때는 나에게도 안기고 재롱을 부리기도 한다. 그러나 지금처럼 할머니의 사랑을 두고 전쟁을 벌이기라도 할 때면 나는 소용없는 존재가 되고 만다. 그저 바라만 보면서 딱하다는 생각만 들 뿐. 이러지도 저러지도 못한 채 안절부절못하기만 한다. 물론 평소에도 손주들은 절대적으로 제 할머니를, 할아버지인 나보다 더 따른다. 어쨌든, 아내에게 미안하다.

결혼하고 우리 부부는 삼 남매를 키웠다. 딸과 아들을 낳아 행복했고 그만큼 자식들에게 애정을 쏟았다. 특히 아내의 삼 남매에 대한 사랑과 정성은 유별났다. 아내의 정성으로 우리 애들은 별다른 속을 썩이지 않고 무럭무럭 잘 자라 주었다. 그리고 장성한 삼 남매에서 다섯 명의 손주를 보았다. 앞으로도 얼마간 더 늘 것이다.

손주를 거느린 아내는 자식들을 키울 때와 똑같이 손주들에게도 정성을 쏟는다. 업어 주고, 안아 주고, 먹여 주고, 재워 주고, 입혀 주고……. 자식을 키울 때와 다른 점이 있다면 그 사랑이 익애에 가까울 만큼 무조건적이라는 것이다. 아이들이 투정을 부려도 대부분 받아주고, 거의 모든 요구를 다 들어준다. 자식들이 가끔 제 아이들의 버릇이 나빠질까 봐 걱정해도 아내는 별로 개의치 않고, 그저 손주 사랑에 듬뿍 빠져 있기만 하다. 나 역시 손주들의 재롱에 시간 가는지 모르지만, 아내에게 비교도 할 수 없다는 것을 솔직하게 인정하지 않을 수 없다.

아흔이 훨씬 넘어 돌아가신 나의 어머니 역시 며느리의 자손들에 대한 사랑과 정성에 탄복하셨다. 어머니의 눈에도 아내의 자손에 대한 사랑과 정성이 대단하다고 느껴지셨던 모양이다.

가끔 아이들은 꽃과 같다는 생각이 든다. 봄이 되어 온 천지를 황홀하게 하는 개나리, 진달래, 살구꽃, 벚꽃과 장미며 이팝나무 등의 많은 꽃의 아름답고 고운 모습이 아이들의 모습과도 닮았다고 생각해 본다. 아니

꽃보다도 더 예쁘고 한없이 귀한 존재들. 이 세상의 그 어떤 것과도 바꿀 수 없는 소중한 아이들의 커나가는 모습을 보는 것이 어쩌면 생의 참된 의미가 아닐까도 생각해 본다.

손주를 키우느라 온갖 고생을 다 하는 아내에게 감사의 마음을 전한다.

세상의 모든 어머니와 할머니들에게 건강과 웃음의 축복이 깃드시길 기원한다.

당연히 꽃보다 예쁘고 무엇보다 소중한 아이들에게도 건강과 행복이 풍성하게 깃들기를 간곡히 기원한다.

첫 번째 졸업식

첫 손주가 유치원을 졸업하던 때였다. 당사자인 손주보다 더 들떠 있던 것은 그 애 엄마였고, 손주 곁을 지키는 할머니인 것 같았다. 졸업식이 기대되기는 나도 마찬가지였다. 손주가 태어나 꼬물거리는 모습을 보며 그동안 얼마나 가슴 설레고 순간순간 감격했었는지 모른다. 아이의 얼굴에 살이 오르고 방긋방긋 웃을 때 그런 아이의 모습을 바라보면 육아에서 오던 피로가 싹 사라지고 오직 아이를 바라보는 기쁨으로 가슴이 가득 찼다. 누워만 있던 아이가 엎치는 모습을 보며 얼마나 행복했는지 모른다. 처음으로 배밀이를 할 때 온 가족이 기쁨에 찬 환호성을 올리기도 했었다.

        아가를 보려면
        배밀이 하는 아가의 웃는 얼굴
        자세히 보려면

        엎드려야 한다
        서 있거나 앉아서
        내려다보지 말고
        낮추어 바닥에 얼굴을 대야 한다

        숨 고르고 바라보면
        세상에서 가장 고귀한 분
        앞에서 까르르 웃고 계신 하나님

        아가의 얼굴을 보려거든
        바닥에 온몸을 맡기고
        고개 들어 올려보아라

        환하게 빛나며
        손 내미는 하늘

아가 얼굴을 제대로 모시려거든
더 낮은 자세로
올려다보아라

– 「아가 얼굴」 전문. 『꽃에게 전화를 걸다』 2021 시산맥

　내가 딸을 낳아 아빠가 된 것이 엊그제만 같은데, 그 딸이 자라서 시집을 가고 또 그 딸의 딸아이가 태어나 이제 유치원을 졸업한다는 것이 그저 꿈결처럼 느껴졌다. 내가 첫딸을 낳았을 때 얼마나 나 자신을 대견해하고 자랑삼았는지 모른다. 여기저기 다니며 '내가 딸을 낳았다'라고, '아빠가 되었다'라고 떠들곤 했었다. 그리고 내 딸 역시 초·중고등학교와 대학교를 거쳐 취업했다. 그리고 웬 낯선 사내를 가족에게 소개해 주었다. 그러더니 이제 제 아이의 졸업식을 앞두고 있던 거였다.
　'딸도 사위와 함께 첫 아이의 졸업식을 지켜보며 기뻐하리라는 생각이 들었다. 유치원을 거쳐 초등학교에 입학 하고 또 졸업하기까지 그 아이가 잘 자라주기를 간절히 바라면서 뒷바라지에 최선의 노력을 다할 것이라는

생각도 들었다. 그것이 행복이니까. 졸업식을 앞두고 아내와 나는 자식에 대한 많은 대화를 나누었던 기억이 난다. 그리고 그런 말도 했었다. '잘 자라는 자식을 보며 대견해하고 기뻐하는 것이 하나님이 내려주신 커다란 축복이다'라고. 또 다른 대화도 나누었다. '하나님께서는 참으로 대단하시다'라고. '젊은 시절에는 자식을 키워가는 행복감을 주시더니 이제 늘그막에는 다시 그 애의 아이가 자라나는 모습을 보게 하며 기쁨을 주신다고.'

돌이켜 생각해 보면 나 역시 평범한 부모의 한 사람이었다. 그래도 자식만은 남들 못지않게 잘 키우고 싶었다. 생활비에 쪼들리면서도 잘 가르치려고 애쓰고, 잘 먹이고 잘 입혀 보려고 했던 것 같다. 이제 와 생각하니 '그게 다 부모로서 욕심이었구나'라는 생각이 가끔 들곤 한다. 그런데도 다시 손녀를 키우는 요즘 나는 또 다른 욕심이 꿈틀거리는 것 같다. '우리 손녀는 똑똑하다.', '누구보다 능력이 뛰어나다.'라는 생각이 자꾸만 든다. 공부를 무척 잘할 것 같고, 운동도 잘할 것 같다. 아직 한글을 제대로 익히지 못했는데도 동화책을 금방 읽을 것만 같고, 발레면 발레, 수영이면 수영, 못하는 것이 없이 다 잘할 것만 같다. 아이가 유치원을 졸업해도 아이에 대한 끝없는 욕심은 졸업이 없을 것 같다. 그래서 이제는 옆도 보고 앞도 보면서 지나치게 익애(溺愛)에 빠지지 않도록 주의 하겠노라고 다짐도 해본다.

졸업식 날, 나는 손녀의 이마에 입을 맞추었다. 사랑한다고 속삭였고, 축하한다고 소곤댔다. 그러면서도 눈은 어느새 초등학교에 닿아 있었다. 그리고 멋진 초등학생이 되어있는 손녀의 모습을 미리 그려보며 웃고 있었다.

손주 사랑에 흠뻑 빠져 살지만, 과도한 욕심은 제발 부리지 말자고 다짐하면서도 자꾸 욕심이 생긴다.

일요일 아침

　3월 들어 우리 집에는 전에 없던 일들이 벌어지고 있
다. 일주일에 두 번은 밤중에 울음소리가 한동안 지속
된다. 아이들이 학교와 유치원을 다니기 시작하자, 코로
나19 자가 도구 검사를 하면서 면봉이 콧속으로 깊숙이
들어가야 하는 상황을 견뎌내지 못하고 내는 소리다.
그 소리를 듣고 있자니 할아버지로서 꽤 속이 상한다.
특히 막내 손주는 유치원에 설레는 마음으로 크게 기대
하고 들어갔는데, 혹시나 이런 일로 인해 등원하는 일
에 흥미를 잃을까 걱정도 된다. 할아버지인 내가 이러
니 실제로 아이들과 온몸으로 씨름하며 검사를 강행하

는 제 어미의 속은 또 어떨까 싶어 내색하지 않으려 참아보지만, 속이 상하는 건 어쩔 수 없다. 한편 이 엄중한 시국에 이렇게라도 해서 내 아이들과 다른 사람들을 역병으로부터 지킬 수 있으면 좋겠다는 생각도 함께 든다. 그래도 안쓰럽기는 마찬가지다.

그렇게라도 위태로운 평화가 지속되던 우리 집에 뜻밖의 소식이 날아들었다. 동생의 코로나 확진 소식이 카톡으로 전해진 것이다. 우리 가족만은 비껴갔으면 하는 바람이 한순간에 무너지는 사건이었다. 걱정되어 전화라도 해 보았지만, 목이 너무 아파서 목소리를 내기도 매우 어려워하는 동생과의 통화는 불가능했다. 그렇게 며칠이 지나자 급기야 이번엔 우리 집에서도 PCR 검사를 받아야 하는 상황이 발생하였다.

일요일이었다. 때맞춰 비가 오고 있었다. 아침 일찍 손주들을 이끌고 보건소 선별 진료소에 도착하여 줄을 섰다. 이른 시간임에도 순식간에 줄이 길게 이어졌다. 우산의 행렬은 끝이 보이지 않을 정도로 길게 이어지고 있었다.

집에서 보던 것보다 훨씬 기다란

면봉을 보자

울음보를 터뜨린 아이

머리를 거세게 들어 올리며 버둥거린다

할머니는 안아서 팔을 잡고

나는 머리를 밑으로 누르기 몇 번

고개 숙인 천막 곁에 세워둔

우산 몇 개 우르르 넘어지는데

뜬금없이 연이어 울리는 주차장 경적

한 아이는 업고

하나는 걸리고

국경에 막힌 피난민처럼 길게 늘어선 우산의 행렬

빗줄기 다시 굵어지는데

자가 격리하고 있는 딸아이 전화

겨우 내는 갈라지는 목소리

애들 검사 다 했어요?

　　　　　　　　　　　- 「일요일 아침」 전문.

평소 집에서 자가 검사를 하여 어느 정도까지는 적응

이 되었을 법도 하건만, 아이는 아이인가 보다. 집에서 쓰는 자가 도구 면봉보다 훨씬 길이가 긴 면봉을 보자마자 둘째 손주가 버둥거리기 시작했다. 몇 번을 시도해도 실패만 거듭했다. 아이를 안고 있는 아내도 나도 지칠 대로 지칠 무렵에야 간호사님의 재빠른 솜씨로 간신히 검체는 채취되었다. 일요일 아침은 그렇게 코로나 19 검사로 시작하였다. 울음보를 터뜨리던 둘째 손주와 언니를 따라 울던 셋째 손주를 아내와 내가 나누어 업고 초등학교엘 다니는 큰손주는 걸리고, 우산을 쓰는 둥 마는 둥 겨우겨우 승용차에 오를 수 있었다. 그 후 우리 가족은 확진자가 속출하는 상황에 빠지게 되었다. 천만다행으로 시간이 지나 격리 기간이 해제되면서 가족들은 차츰 건강을 되찾아 가고 있다.

상쾌한 기분으로 공기를 마음껏 마시며, 학교 운동장이나 공원을 가족과 함께 거닐 수 있는 평범한 것 같지만 진정 행복한 날이 오기를 간절히 기도한다.

장모님, 우리 장모님

5월이다. 해마다 이맘때가 되면 짙어가는 녹음의 싱그러움에 취하다가도, 문득 달력에 눈길이 가곤 한다. 5월은 유난히 기념해야 할 날이 많다. 어린이날과 어버이날, 스승의 날이 있다. 하나같이 소중하고 그냥 넘어가서는 안 될 중요한 날이다. 특히 어버이날이 그렇다. 이날만이라도 부모님의 고마움에 감사할 줄 아는 마음을 갖는 것이 인지상정이다. 나 역시 부모님께 용돈도 드리고 그 품 안에 안겨 어리광도 부리고 싶다. 그러나 이제 부모님은 곁에 계시지 않는다.

다행히도 나에겐 장모님이 계시다. 장모님은 사위인

나를 위해 음식 만드시길 좋아하신다. 종종 새로운 음식을 만드신 날에는 어김없이 보내오신다. 나는 장모님이 만드신 음식을 먹을 때면 입가에 웃음기가 감돈다. 맛있다. 물론 아내가 만든 음식에도 불만은 없다. 그런데도 김치를 비롯한 몇몇 반찬을 만드는 솜씨를 아내는 장모님을 따르지 못한다. 이는 아내 역시 인정하는 모양이다. 장모님은 5녀 1남을 낳아 키우셨다. 그런데도 요즈음 장모님도 가끔은 외로우신가 보다. 내가 사는 청주와는 떨어진 다른 도시에 사시는 장모님은 가끔 아내에게 전화를 걸어오신다. 그 전화 내용의 대부분은 함께 김치를 담그자는 내용이다. 배추김치는 물론이고 파김치, 열무김치 등등. 장모님은 유난히 김치를 잘 담그시고 그럴 때면 어김없이 아내에게 전화를 걸어오신다. 장모님의 전화를 받으면 아내는 거의 그 지시에 즐겁게 따른다. 평소 남편인 내가 장모님의 반찬을 맛있게 먹는 데다, 어머니를 만날 기회를 당당하게 확보하는 기회이기도 해서일 것이다.

여든이 내일모레
맘만 젊은 우리 장모

대전역 중앙시장
허위허위 찾아가서
열무 단 고르고 골라
바빠라 큰딸 찾네

맏사위 우리 기둥
웃는 얼굴 진짜라고
여름에 국수 말면
그야말로 최고라며
이거야 바로 이 맛
전화 거네 또 한 번

— 「열무김치」 전문. 『꽃에게 전화를 걸다』 2021 시산맥

　장모님은 그렇게 자신의 사랑은 김치를 담가 주시는 것으로 대신하신다. 시장에 싱싱하고 좋은 식재료가 나오기만 하면 이내 사들이시고, 어김없이 아내에게 전화하신다. 덕분에 우리 집 냉장고엔 김치가 떨어질 날이 없다.

　그런데 이번 어버이날에 좀 난처한 일이 생겼다. 어

버이날 바로 며칠 전에 장모님에게서 전화가 왔다. 물론 아내와 함께 김치를 담그자는 내용이었고 아내도 선선히 그렇게 하마고 응했다. 마침 약속한 날이 휴일이라 나도 함께 승용차에 올랐다. 그런데 아뿔싸 그날이 바로 어버이날일 줄이야. 장모님에게서 얻어먹을 줄만 알았던 무심한 나는 여간 허둥대지 않을 수 없었다. 처가에 도착해보니 이미 열무며 배추, 그리고 대파가 곱게 다듬어져 김치가 되길 기다리고 있었다. 나는 허둥지둥 장모님을 모시고 식당에 가서 음식을 대접하는 것으로 고마움을 전했다. 죄송하고 또 죄송했지만, 우리 집 냉장고에는 어버이날 장모님이 담가 주신 잘 익은 김치가 끼니때를 기다리고 있다.

아내와 나는 장모님이 담가주신 김치에 또 입을 벌리며 식사 삼매경에 빠질 모양이다.

잔소리

　코로나19 확진자가 다시 늘고 있다는 우울한 소식이
또 들렸다. 문득 지구촌 전체가 겪고 있는 전염병 시대
에 어머니께서 살아 계시면 무슨 말씀을 하셨을까 궁
금해졌다. 아마도 어머니께선 질병관리본부에서 제시하
는 지침을 철저히 지키라고 신신당부하셨을 것 같다.
'손 씻어라.', '마스크 꼭 해라.', '사람과 떨어져라.'라고.
집안에서는 물론이고 집 밖으로 나서는 아들과 며느리,
손주와 증손주까지 하나하나 붙들고 강조하시고 다짐
을 받으셨을 것이다. 그리고 엎드려 기도 하셨을 것이
다. 30분이고, 1시간이고 아주 간절하게.

어머니는 평소 스무 명이 넘는 혈육 하나하나의 안위와 건강, 그리고 그들의 꿈을 위해 기도를 멈추지 않으셨다. 아들이 조금 먼 곳에 출장이라도 갈 때면 집을 떠나기 전에 간절한 마음으로 기도를 드리셨다. 때로 어머니의 기도에 동참하는 아들을 대견해 하시고 고마워 하셨다. 아들뿐이 아니었다. 가족 모두를 위해 간절한 기도를 멈추지 않으셨다. 건강을 지키게 해 달라고 기도 하셨고, 잘못된 길로 빠지지 않도록 해 달라고 간절하게 기도 하셨다. 혈육 중에 누군가가 상을 받아서 기쁘면 기뻐서 기도 하셨고, 누군가 감기라도 들면 속상하셔서 기도 하셨다. 그리고 그 병이 다 나을 때까지 기도를 멈추지 않으셨다. 아흔을 몇 해 넘기고 돌아가시기 직전까지도 봄, 가을로 2주일이나 계속되는 새벽 기도를 다니시곤 하셨다. 이른 새벽에 노구를 이끌고 교회를 향하시는 어머니가 안쓰러워 자식들이 말려도 어머니는 개의치 않으셨다. 새벽 기도 기간 개근 하시는 일이 많았다. 그리고 그 기도 제목은 언제나 가족의 안위였다.

그런데 어머니는 기도만큼이나 달변가이기도 하셨다. 목소리도 크시고 주장도 강하셨다. 하신 말씀을 반복하실 때도 많았다. 우리 가족은 그때마다 다 아는 얘기지만 대목마다 장단을 맞추는 일도 잊지 않았다. 어머니도 알고 계셨다. 자신이 하신 말씀을 반복하고 계신다는 것을. 그래도 젊은 시절 자식들을 위해 헌신하시던 때의 일을, 전장에 나가 싸우셨던 전사의 무용담처럼 몇 번이고 길게 말씀을 이어 가셨다. 그 무용담 중에는 내가 젊은 시절 공무원 시험에 합격하고 나서 6개월이 지나도 발령받지 못한 적이 있었는데, 그때 어머니께서 인사권자인 총무처 장관을 만나 담판을 지어 바로 며칠 뒤 발령을 받을 수 있었다는 말씀을 가장 자랑스럽게 아주 여러 번 반복하여 강조하시곤 하셨다. 그 말씀을 하실 때 어머니의 음성은 늘 크고 당당하셨다. (그때 어머니께서 만나셨다는 분이 장관이었다고, 적어도 우리 가족은 그대로 믿기로 했다.)

그럴 때 우리 가족은 억양과 톤이 거의 비슷한 그 당당한 무용담에 장단을 맞춰야 했다. 혹 딴짓 하거나 하면 금방 불호령이 떨어졌다. 우리는 어머니 앞에 모여 앉아 웃으면서 자랑스러운 무용담을 경청해야 했다. 그래야 어머니의 기분이 좋으셨다.

어머니는 기도만큼, 무용담만큼이나 잔소리도 많으셨다. 절약이 몸에 배어 살아오셨던 세대셨기에 더욱 그

러셨을 것이다. 특히 '아끼라'는 말씀을 많이 하셨다. 전
깃불을 그대로 켜 놓거나, 컴퓨터를 하는 사람 없이 켜
놓거나 하면 어김없이 불호령이 떨어지곤 했다. 여름이
면 에어컨을 트는 일에 매우 민감해 하셨는데, 그 이유
는 전기 요금 때문이었다. 에어컨 트는 일 때문에 전기
요금이 크게 부담되지는 않는다고 말씀을 드려도 어머
니는 에어컨을 켜는 일을 마뜩찮아 하셨다. 어느 해인
가는 한여름에 어머니의 잔소리에 굴복한 내가 오기로
에어컨을 켜지 않고 잠을 청했다가 땀띠가 나서 고생한
적도 있었다.

　이제 어머니께서 세상 짐을 훨훨 벗어 버리고 하늘나
라로 가신 지 몇 년이 지났다. 어머니를 보내고 우리
가족은 아주 슬펐다. 그 슬픔을 달래려 자주 묘지를 찾
곤 했지만, 어머니의 잔소리가 없는 집안은 텅 빈 듯
허전하기만 했다.

　오늘도 어머니의 잔소리가 새삼 몹시 그립다.

　손 씻어라.

　마스크 해라.

　사람과 떨어져라.

어머니의 목소리

　아들에게서 기다리던 파일이 도착했다. 음성 파일이었다. 파일을 여니 어머니의 목소리가 들렸다. 순간 울컥하였다. 듣기를 멈추었다. 그러기를 반복하다가 마음을 가다듬고, 다시 들을 수 있었다. 파일의 내용은 내 아들과 어머니가 나눈 대화였다. 어머니가 돌아가시기 얼마 전에 왠지 할머니의 목소리를 저장해 놓고 싶었던 아들이 할머니와 대화하며 녹음한 것들이었다.

　대화는 결혼하시고 몇 년이 지나도 아기를 갖지 못하셨던 어머니가 황해도 신천온천에 가셔서 요양하신 끝에 첫아기를 갖게 되셨다던 이야기 하며, 이런저런 그야말로 큰일을 해 내신 자랑스러운 무용담도 있었다. 그리고 파일마다 손자를 비롯한 가족의 건강을 걱정하시는 내용도 빠지지 않았다. 눈물 많은 아들이 할머니의 목소리를 들으며 울기도 많이 했으리라는 생각도 들었다. 아들은 어려서부터 할머니와 같은 방에서 자랐고, 장가들어서야 분가했기에 더욱 그러했으리라.

어머니는 슬하에 5남매를 두셨고, 11명의 손주와 6명의 증손주를 두셨다. 그리고 이들이 결혼한 배우자까지, 어머니께서 챙겨야 할 가족은 많았다. 독실한 기독교인이셨던 어머니는 가족을 위해 늘 기도 하고 또 기도 하셨다. 가족들이 모여 식사라도 할 때면 가족의 이름을 하나하나 거론하며 그들의 건강과 장래를 위해, 기도 하시곤 했는데, 어머니의 기도가 끝나면 우리는 그 많은 가족 중 단 한 명도 빼놓지 않으시는 대단한 기억력에 감탄하여 어머니께 고마움을 전하기도 하였다.

나는 오래전 어머니의 깊은 사랑을 '어머니의 새벽'이란 시로 썼다.

어머니는
새벽을 여신다

뻗어오는 햇살을
우리들 머리맡에
쏟아부으신다

그 시절
신열에 들뜬 내 작은 이마에
손을 얹으신 어머니의 얼굴은
소망 그것이었다

바람
가득한 믿음의 세월을 길러내
세 아이의 아버지가 된
지금도

어머니는
숨 몰아쉬며 살아야 할 세상에서
새벽을 모아
우리에게 쏟아부으신다
어머니는
오늘도
기도로

햇살을 모으신다

－「어머니의 새벽」 전문. 2002 『어머니의 새벽』 다층

　기도는 수십 년을 이어갔다. 어머니는 그렇게 사랑을
실천하시는 분이셨다. 내가 중학교 2학년 때 아버지는
병환으로 돌아가셨다. 그때 어머니는 남편을 잃은 슬픔
에 빠질 틈도 없이 당면한 생활고에 맞닥뜨리셨다. 어
린 자식들에게 밥을 먹이고, 교육시켜야 했다. 그러기
위해 별다른 생활 능력이 없이 혼자된 어머니가 의지할
데는 오직 하나님뿐이셨고, 하나님과 통할 수 있는 길
은 기도밖에 없으셨으리라. 어머니는 그렇게 기도로 우
리를 기르셨다. 어머니에게서 기도는 세상을 이기는 힘
이었고 절망을 극복하는 유일한 방편이셨다. 힘들고 어
려운 현실 앞에서 어머니는 몸부림치며 기도 하셨다.
그러시던 어머니도 세월을 이기지 못하신 채 아흔을 넘
기신 후, 몇 년 전에 소천 하셨다.

　나는 2021년에 낸 나의 세 번째 시집에 '콩국수'라는
시를 올렸다.

제삿날 콩국수를 끓였다
제사상에 누가 콩국수를 올리느냐는
아내의 만류에도 아랑곳없이

어머니 평소 하시던
그 방법을 흉내 내
메주콩을 불렸다
삶아내 껍질을 벗기고는 곱게 갈았다

기어코 제사상 한 옆
살얼음 서린 콩국수
한 그릇

그 시절
어머니의 콩국수는
고봉으로 퍼 올려도 허기만 지던
내 꽁보리밥 한 사발이었고
잔병치레 많기도 했던 누이의 병원비였다

때로는 동생들의 대학 학자금
그 엄청난 것으로
참 용하게 둔갑하기도 했는데
어머니는

자식들의 학자금을 마감 시간에 겨우 맞춰 내시던
늦은 저녁 팔다 남은 콩국수를
후루룩 드시곤 하셨다

가만히 앉아 있어도 땀이 줄줄 흐르던 무덥던 날
돌아가신 아버지의 옛 친구가 근무 한다는
까마득히 고갯마루 자리 잡은 교육청에
휘청휘청 함지박을 이고 배달 다녀오시다가
공부하고 오는 날 보시고는
배고프지, 고프지
황급히 말아 주시던 콩국수 한 그릇
땀으로 번들거리던
그래도 웃으시던 얼굴
남은 콩 국물을 다 떠먹어도 모자란 듯 입 주변
묻힌 것까지
혓바닥을 돌려가며 핥는 나를 아내가 물끄러미
바라본다
고단하신 듯 그래도 웃으시며
나와 누이와 동생들을 바라보시던
사진 속 어머니 그 모습처럼

　－「콩국수」전문. 2021 『꽃에게 전화를 걸다』 시산맥

자식들을 굶기지 않고 학교에 보내기 위해 어머니는 학교 가까운 곳에 셋집을 얻어 하숙을 치기도 하셨다. 그러나 그 일로는 경제적 어려움을 감당하실 수 없으셨다. 빚은 나날이 늘어갔고 하루하루의 삶은 고단하기만 하셨다. 그래서 택하신 일이 국숫집을 내는 거였다. 어머니는 사직동 모퉁이에 작은 분식집을 내셨는데, 다행히 손님이 꾸준히 이어지곤 했다. 어머니는 칼국수도 손수 만들어 파시고, 콩국수도 파셨다. 그리고 국수 그릇을 이고 배달하러 다니시곤 하셨다. 언감생심 종업원을 두실 형편이 아니니, 그 모든 게 어머니의 몫이셨다. 그 시절 어머니의 국수는 우리에겐 밥이었고, 병원비였고, 수업료였다. 그리고 그 엄청난 대학 학자금이기도 했다.

어머니는 얼음 서린 콩국수를 먹기 좋은 7월 말에 세상을 뜨셨다. 그리고 무심하게도 몇 년이 흘렀다. 그리고 오늘, 아들로부터 어머니의 목소리가 담긴 파일을 받았다.

아들도 올해 아버지가 되었다. 손주를 안고 있다 보면 어머니가 더욱 그리워진다. 그토록 사랑 하시던 손자가 아빠가 되었으니 하늘에 계신 어머니도 참 좋아하시겠다 싶다. 그리고 올해, 신기한 일이 우리 집 아파트 베란다에서 일어났다. 어머니는 평소 꽃을 무척이나 좋아하셨다. 그중에서 빨간 열매가 알알이 달리는 꽃나무를 특히 좋아하셨는데, 어머니가 돌아가시던 해부터 이 나무에 열매가 더 이상 달리지 않고, 시들어만 갔다. 가족들은 열심히 물도 주고 거름도 주었지만 열매가 달리지는 않았다. 그런데 증손주가 다시 한 명 늘어난 올해 그 꽃나무에 열매가 맺혔다. 아직은 작은 구슬 같은 것이 파랗게 송골송골 매달려 있다. 이제 가을이면 그 열매도 빨갛게 익을 것 같다.

꽃나무를 보고 마냥 좋아하실 어머니의 모습이 떠오른다. '참 좋구나. 예쁘다' 그러시면서 활짝 웃으실 어머니의 목소리가 들리는 것 같다.

벌초

　가을에 접어들면 걱정이 앞섰다. '올해는 벌초를 어떻게 해야 하나?' 하는 걱정이다. 관리해야 할 산소가 있으니 당연히 해야 할 일이지만 해마다 이런 걱정이 들었다. 함께 할 가족들의 일정도 알아야 하고, 날씨도 미리 점쳐야 하는데, 가족들 대부분이 직장 생활을 하는지라 택일을 하는 데도 꽤 신경이 쓰였다. 거기다가 평소에는 거의 해보지 않던 낫질을 해야 하고, 가끔 출몰하는 벌이나 뱀도 신경이 쓰이는 일이니, 걱정될 만도 했다. 평소에 산소를 잘 돌보아야 하건만 여의찮아, 벌초할 때가 되어서야 산소를 자주 찾지 못한 것을 후회

하곤 하였다.

　그해도 일기예보를 보아가며 동생에게 연락하여 날짜를 잡았다. 그런데 벌초하기 전날 밤, 온종일 멀쩡했던 하늘이 밤이 되면서 슬금슬금 비를 뿌리기 시작하더니 이내 여름 장마처럼 물 천지가 되었다. 뿌리는 비의 양에 따라 걱정도 늘어만 갔다. 벌초를 연기해야겠다는 생각이 났다. 다행히 비는 더 이상 내리지 않고 있었다. 올해도 여느 해처럼 아내가 따라와 주었다. 부끄러운 일이지만 나는 도통 일에 서툴고 요령이 없지만, 아내는 나와 달리 낫질도 꽤 하고 빠르게 일을 처리하곤 하여 동행해 주는 것이 여간 고마운 게 아니었다. 그날도 아내의 손놀림은 빠르게 이어졌다. 아버님이 내가 중학교 2학년 때 홀연히 세상을 뜨셨으니, 아내는 아버님의 얼굴을 사진으로나마 뵈었을 뿐인데도, 일에 서툴기만 한 남편을 위해 애써주니 고맙기 그지없었다.

　얼마쯤 있어 동생 내외가 산소에 도착하였다. 일이 어느 정도 진척되어 마무리 단계에 접어들 때였다. 제수씨가 향나무를 손질하고 있을 때 벌이 보였다. 처음엔 웬 노란 것들이 한두 마리 보이더니 이내 떼로 덤벼

들기 시작했다. 순간 나는 오래전 같은 장소에서 만난 땅벌의 습격으로 같이 벌초하던 막냇동생이 급기야 병원 신세까지 졌던 기억이 떠올랐다. 어떻게 이 위기를 넘겨야 하느냐에 온 신경이 집중되었다. 순간, 갑자기 벌떼가 방향을 선회하여 땅속에 있는 집으로 자취를 감추었다. 그제야 나는 우리 가족 모두가 모기 기피제를 온몸에 뿌리고 있었음을 생각해 냈다. 늦게 도착한 동생이 사 온 모기 기피제가 벌의 공격으로부터 우리 가족을 지켜 준 셈이었다. 벌떼의 공격에 혼이 난 우리는 아버님 산소를 추석 때가 되어서야 겨우 찾은 것에 대해 죄송하다는 생각이 재차 들었다.

아버님 산소의 벌초는 그렇게 마무리되었다. 아버님께서 세상을 뜨신 후 특히 어머니는 가족들을 위해 눈물겨운 고생을 하셔야만 했다. 그래도 아버님은 가족들에겐 가슴 한쪽에 늘 그립던 분이셨다. 벌초를 마무리하고 산소를 바라보니, 아버님이 단정하게 이발하시고 우리 앞에 앉아 계신 듯했다. 오랜 세월 그리웠던 얼굴로 다시 돌아오신 듯하였다. 우리 가족은 아버님 산소 앞에 두 손을 모았다. 그리고 아버님 영전에 자작시 한

편을 올렸다.

저만치 추석이 다가오면
낫을 벼린다
풀빛처럼 시퍼렇게 벼린 낫으로
1년 내 무성해진 내 욕심을 잘라낸다
베어도 잘라도 다시 자라나는 잡풀
질기고 질긴 아카시아
넝쿨넝쿨 이어지는 칡뿌리를
베고 자르고 캐낸다
내 마음의 텃밭에서 제 것인 양
멋대로 뻗어가던 그것들을
가차 없이 내리쳐버린다
풀잎에 베어 생채기가 나고
가시에 찔려 벌겋게 부어올라도
눈앞을 노랗게 막아서는 땅벌의 습격에도
낫질 멈추지 않는다

베고 자르고 캐내다 보면
어느새 다시 찾아오신 아버님

나는 둥그런 그분 앞에
두 손을 모은다

추석이 저만치 다가오면
하늘처럼 푸르게 벼린 낫으로
무성해진 내 욕심 깨끗이 베어내고
두 손 모은다

- 「벌초」전문. 『어머니의 새벽』 2021 시산맥

　이제 가을도 깊어져 간다. 얼마 뒤엔 낙엽이 지고 눈
도 내리리라. 그리고 다시 봄이 오고, 여름이 가고, 다
시 가을이 오면 나는 다시 푸르게 벼린 낫을 들고 산
을 또 오르리라.

3부

겸손하고 진지하게

배운 학생들이 성취한 모습으로
선생님 앞에 설 때 선생님은 무한한 보람을 느낀다.
자신의 성공을 알리는 제자의 모습을 보고 기뻐하면서
겸손하고 진지한 학생의 모습이
더욱 아름답게 느껴지곤 한다.

겸손하고 진지하게

교직에서 퇴직한 요즘도 잊히지 않는 제자가 있다.

청주 시내 일반계 고등학교에 근무할 때였다. 교무실로 국어를 배웠던 윤 모 군이 얼굴에 만면의 웃음을 띤 채 찾아왔다. 윤 군은 그해 대학 입학 수시 전형에서 자신이 원하는 대학에 당당히 합격하였다고 말했다. 그리고 '선생님의 가르침 덕분에 제가 합격할 수 있었습니다'라고 말하였다. 그 말 한마디에 그동안의 모든 피곤함이 가시는 듯했다. 나는 자리에서 벌떡 일어나 윤 군을 안아 주었다. '그래 축하한다. 이제 시작이구나' 하고 힘 있게 격려했다.

윤 군을 처음 만나던, 수업 시간 형형했던 그 눈빛이 떠올랐다. 단 한 순간도 다른 데 눈을 돌리지 않고 처음부터 끝까지 수업에 집중했던 윤 군의 모습. '그래 참 열심히 공부했었지.' 윤 군은 고교 2학년 시절부터 한 대학을 목표로 꾸준히 노력 하였다. 그리고 국어 교사인 내게 자기소개서를 써서 보여 주기도 하였다. 물론 윤 군이 쓴 자기소개서가 완벽했던 것은 아니었다. 고칠 것도 많았고, 그래서 조언의 시간도 길어지곤 하였다. 그때마다 윤 군은 겸손한 태도로 선생님의 조언을 경청했고 모자라는 점을 보충하려고 무던히 애썼다. 수업 시간에는 교실 맨 앞자리에 앉아 단 한 순간도 긴장의 끈을 놓지 않고 열심히 공부하였다. 그리고 자신이 목표한 대학의 홈페이지를 검색하고 입시 전형 요강을 꼼꼼히 살펴보면서 그에 맞추어 실력을 기르기 위해 부단히 노력하였다. 자신의 단점을 스스로 알아내려고 노력했고, 선생님의 조언에 겸허히 귀 기울였다.

그리고 도전하였다. 하지만 대학의 문이 쉽게 열리는 것은 아니었다. 몇 번의 불합격은 윤 군을 더욱 단단하게 만들었다. 윤 군은 노력했다. 열심히 그리고 겸손하게. 결국 윤 군은 3학년 2학기에 수시 입학 전형에서 합격의 영광을 누리게 되었다. 나는 윤 군의 합격 요인을 바로 그 학생 특유의 '겸손함' 때문이었다고 결론지었다. 아주 뛰어난 성적은 아니었지만, 목표를 정하여 겸손하고 진지한 태도로 학업에 임했던 까닭에 남들이 부러워하는 최고 수준의 공과대학에 당당히 합격할 수 있었던 것이었다. 겸손하고 진지한 마음가짐은 주위의 친구들이나 선생님들로부터 윤 군을 돕고 싶게 만든 가장 큰 힘이기도 했으리라.

학생을 지도하다 보면 보람 있고 기쁜 일도 있지만 속상할 때도 참 많이 있었다. 선생님은 앞에서 열심히 가르치고 있는데, 어떤 학생은 아예 엎드려 잠을 청하는 경우를 볼 때도 있었다. 한 시간에 몇 번을 깨워도 다시 엎드리고 또다시 엎드리는 학생을 보며 야속하다는 생각까지 들기도 했다. 학생들의 그러한 모습은 바로 교단을 경시하는 사회적 풍토와 결코 무관할 수 없다는 생각도 들었다. 선생님을 존경하고, 예의를 갖추는 사회적 풍토가 조성된다면 최소한 학생 자신의 장래를 어렵게 할 수 있는 이 같은 행동은 없어지지 않을까 한다.

사실 요즘 선생님들은 아주 피곤하다. 몸도 고단하지만, 마음도 몹시 피곤하다. 수업 부담에 과중한 업무가 선생님들의 어깨를 짓누르곤 한다. 하지만 선생님들의 그 피곤함을 녹여 주는 요소는 바로 '보람'이다. 선생님을 바라보는 반짝이는 눈빛. 한 글자라도 더 익히려는 학생들의 모습에 선생님은 지칠 줄 모르고 열심히 학생을 가르친다.

배운 학생들이 성취한 모습으로 선생님 앞에 설 때 선생님은 무한한 보람을 느낀다. 자신의 성공을 알리는 제자의 모습을 보고 기뻐하면서 겸손하고 진지한 학생의 모습이 더욱 아름답게 느껴지곤 한다.

詩 나무

학생들이 안쓰러울 때가 많았다. 예나 지금이나 고등학생은 참 바쁘다. 내신 관리도 해야 하고 수능 준비도 해야 한다. 대학 입시에 필요로 하는 스펙을 쌓아야 하기에 틈을 내어 봉사 활동도 하고, 동아리 활동도 열심히 해야 한다. 논술 준비도 해야 하고, 자기소개서도 써야 한다. 그래야 대학에 잘 갈 수 있기 때문이다. 그렇게 자신이 원하는 진로를 향해 애쓰는 모습에 숙연해질 때도 있었다.

그렇게 바쁜 생활이지만 그래도 조금은 여유를 가지고 학교생활을 하도록 학교에서는 여러 가지로 프로그

램을 구안하여 인성교육도 소홀하지 않도록 노력한다. 그중의 하나가 축제다. 내가 근무하던 학교에서도 교내 축제와 과학축전이 거의 해마다 개최되었다. 방학 중 방과 후 수업을 하는 등으로 학업에 전념하면서도 틈틈이 학생 자신의 재능과 끼를 닦아 축제 준비에 노력하더니 그 결실을 학우들 앞에서 펼친다. 미술 작품이나 시화 작품과 같은 작품을 교내에 전시하는가 하면 학급별 주제 체험 활동도 운영되었고, 과학 체험 학습장도 열었다. 또 씨름, 단체 줄넘기, 축구 올스타전 등 체육행사도 진행되었다. 강당에서는 밴드와 단막극, 가요, 비트박스, 학급 장기 자랑 등 공연도 있었다. 자신이 주관하는 행사에 참여하는 학생들의 모습에는 입시를 준비하는 데서 오던 누적된 피로감은 사라져 보이지 않는 듯했다. 그렇게 설레는 마음으로 즐겁게 축제에 참여하는 학생들의 모습이 고맙고 대견했다.

축제의 한 부분으로 시화전 지도를 맡았던 나도 학생들이 입시에서 잠시라도 해방되어 자신의 꿈과 희망을 펼쳤으면 하는 마음이 간절했다. 그러던 중 축제를 담당하시는 선생님께서 한 가지 제안하셨다. 일부 학년이

나 학생에게만 국한된 시화전이 아니라 되도록 많은 학생이 참여하는 시화전을 여는 게 어떻겠느냐는 제안이었다. 나는 축제 담당 선생님의 제안에 공감했다. 그래서 기말고사가 끝나고 잠시 한가한 틈을 내어 학생들에게 원하는 학생은 시를 써보도록 권유했다. 마침 기말고사가 막 끝난 뒤라 그런지 많은 학생이 부담 없이 시를 쓰기 시작했다. 그리고 몇 번 퇴고를 거쳤다. 그중 일부 희망하는 학생들과 컴퓨터로 이미지 작업을 하고 출력하여 인쇄물에 코팅 작업을 하였다. 구멍을 뚫고 끈으로 묶을 수 있도록 준비했다. 작업을 하면서 나는 처음 시화전에 시화를 걸었던 고등학교 시절로 돌아가는 듯했다. 시를 낸 학생 중에는 평소 학생 본인이 써왔던 시 작품을 20편 가까이 제출한 학생도 있었다. 마침내 축제일이 다가왔다. 나는 맨 처음 그 학생의 작품을 함께 교내 둥근 소나무 가지에 걸었다. 물론 가지가 다치지 않도록 주의 하면서. 그렇게 소나무 여러 그루가 詩 나무로 바뀌었다. 소나무에 시가 열린 거였다. 그리고 교문에서 강당으로 들어오는 등굣길에는 나무와 나무 사이에 줄을 매어 학생들의 작품을 죽 늘어 걸어 놓았다. 축제 당일부터 얼마 동안 등굣길의 학생들이 줄에 걸린 시를 음미하며 걸었다. 그렇게 시화전에 참가한 학생들의 작품은 3학년을 포함하여 120편 가까이 되었다. 예년에 비해 훨씬 많은 작품이었다.

'누구나 글을 쓸 수 있다. 누구나 자신의 꿈과 희망과 낭만을 글로 엮어 남 앞에 펼쳐 놓을 수 있다' 시화전 내내 생각했던 말이다. 시화전뿐 아니라 미술이나 공연이나 체육활동 등으로 자신의 기량을 유감없이 발휘면서 짧은 축제일을 즐겼던 학생들은 축제일에 품었던 그 활활 타오르던 열정으로 다시 학업에 몰입하고 있었다.

재순이의 꿈

몇 년 전이나 지금이나 고등학교 3학년 교실은 팽팽한 긴장감이 감돈다. 가을에 있을 수능시험을 대비해야 하는 한편, 수시 대학 입학 원서를 작성하느라 학생과 선생님은 여름부터 눈코 뜰 새 없이 바쁘다. 학생들은 어떻게든 한 자라도 더 보아 수능 점수를 올려야 하고, 수시 원서에 첨부할 자기소개서도 작성해야 한다. 선생님은 선생님대로 학생들이 원하는 대학과 학과에 따라 지도해주어야 하기에 늦은 밤까지 안간힘을 써야만 한다. 학생들의 장래가 걸린 일인 만큼 담임선생님들은 정성을 다해 학생과 상담하려고 애를 쓴다.

좀 오래된 이야기다. 내가 청주 외곽의 어느 고등학교에 근무할 때였다. 그때 나는 고3 담임을 맡고 있었다. 담임 반 학생 중에 재순이라는 여학생이 있었다. 재순이는 가정형편이 썩 좋지 못했다. 아버지는 치료가 힘든 병환으로 누워 계시고, 어머니 역시 아버지와 비슷한 병으로 가정을 돌볼 수 없는 형편이었다. 사실 재순이는 고등학교를 졸업하기도 아주 벅찬 가정환경이었다. 그런데 재순이의 꿈은 화가였다. 어린 시절부터 재순이는 하얀 도화지에 색연필을 쥐고는 화가의 꿈을 키웠다고 한다.

문제는 이런 재능 있는 재순이를 뒷받침할 경제적 여건이 아주 좋지 않다는 것이었다. 다행히 재순이는 공부를 잘하였다. 나는 재순이에게 좀 더 공부를 열심히 하여 공무원 시험에 응시하면 어떻겠느냐고 조심스럽게 권하였다. 부모님 모두가 병환으로 몸져누워 있는 어려운 가정 형편에 재순이가 공무원이 되면 가정 살림은 좀 나아질 게고 그러면서 화가의 꿈은 다른 방법을 찾아 이루면 되지 않을까 싶어서였다.

그러나 재순이의 생각은 달랐다. 어떻게든 대학에 진학 하여 화가로서의 꿈을 이루고 싶어 했다. 끼니조차

해결하기 어려운 형편에 있는 재순이의 고3 생활은 눈물겨우리만치 어렵게 이어졌다. 그런데 미대 입시는 실기가 있다. 학교에서 미술 선생님께 지도 받긴 했지만, 과연 합격할 수 있을지 걱정이 이만저만이 아니었다.

그런데 결과는 합격이었다. 우리나라 최고의 명문여자대학 미술과에 당당히 합격한 것이었다. 더 큰 문제는 그때부터였다. 사실 재순이는 대학에 등록금을 낼 형편이 전혀 아니었다. 합격 소식을 들은 같은 학교 선생님들이 먼저 일을 벌였다. 당시 내가 근무하던 학교에는 선생님들이 봉급에서 얼마씩 갹출하여 교직원 장학금을 매달 적립한 것이 있었는데 선생님들의 결의로 교직원 장학금에서 등록금 일부를 충당하기로 하였다. 그러나 아직도 등록금은 3분의 1 정도밖에 되지 못했다. 교장 선생님과 미술 선생님은 별도로 얼마의 돈을 내놓으셨다. 소식이 전해지자 군수님도 동참하셨다. 소문을 들은 동네 자전거포 아저씨도 동참하셨다. 그러나 아직 모자라는 돈 때문에 재순이도 나도 입술이 타들어 갔다.

그러다가 등록금 마감 바로 전날에는 재순이의 부산 사는 친척이 병원에 입원하고 있었는데 입원비로 쓸 돈을 우선 융통해 주겠다는 연락이 왔다. 재순이는 결국 등록금 마감 시한을 몇 분 앞두고 등록할 수 있었다.

그 당시는 IMF 상황이었다. 국민 전체가 심각한 경제 난에 허덕이던 때였다.

그런데 그런 경제 위기의 상황 속에서도 우리 국민들의 정은 따뜻했다. 당시 그 학교에는 나와는 고등학교 동기생으로 3학년 부장 직책을 맡으면서 학생들의 진학 지도를 위해 온갖 노력을 다했던 동기생 친구인 선생님이 있었다. 재순이 소식은 학년 부장 선생님에 의해 당시 지역신문에 소개 되었고, 계속해서 전국 뉴스를 탔다. 서울에서 발간되는 중앙지에도 미담으로 1면에 다루어졌다. 재순이를 돕는 손길은 계속 이어졌다. 그렇게 재순이는 자신의 어릴 적 꿈을 결국 이룰 수 있었다.

재순이는 그렇게 대학에 입학 하였고, 나는 그 후에도 학교를 옮기며 오랫동안 고3 담임을 맡아 대입 원서를 쓰느라 정신이 없을 정도로 바쁜 시간을 보냈다. 그러면서도 원서 작성에 여념이 없는 제자들을 지켜보면서 재순이 생각이 자주 나곤 했다.

애들아, 꿈을 가지고 확실한 미래를 설계하고 노력하자. 꿈은 반드시 이루어진단다.

약속

    교문을 지났다. 오랜만에 다시 찾은 교정이 정겨웠다. 교정 중간에 서 있던 느티나무가 못 보던 사이 더 커진 것 같았다. 어디 느티나무뿐일까? 향나무도 소나무도 부쩍 자란 듯 보였다. 10년이 훌쩍 흘렀다. 그랬다. 그해 2월, 학생들에게 이임 인사를 하면서도 이렇게 오랫동안 이 교정을 다시 찾지 않으리란 생각은 못 했다. 바쁘기도 했지만, 마음의 여유가 없었다는 게 더 큰 이유였을 것이다. 물론 가끔 이미 졸업한 제자들이 생각나기도 했지만, 다른 학교로 전근 가서 그때그때 맡겨진 아이들에게 집중하다 보니, 근무했던 학교를 다시 찾아보는 마음의 여유를 갖지 못했다고 스스로 변명해 보았다. 세월은 비껴가질 않았다. 나에게도 그렇지만, 내가 가르쳤던 아이들도 나무처럼 훌쩍 커버렸겠지 싶었다.

시계를 보았다. 약속 시간인 오후 3시 1분까지는 좀 여유가 있었다. 교정을 거닐며 10년 전에 가르쳤던 아이들 얼굴을 떠올려 보았다. 그 아이들도 이젠 어른이 되었으려니 싶었다. 그래도 어른이 된 얼굴은 상상하기 좀 힘들었다. 그저 철없는 중학생의 모습으로만 떠올랐다.

그 시절 나는 3학년 담임을 맡고 있었다. 아이들은 고등학교 입학시험을 준비해야 하는 처지이면서도 한창 사춘기로 접어드는 시기이기도 했다. 자신이 진학할 학교를 미리 정하고 공부에 열중하는 아이가 대부분이었지만, 일부는 성적이 모자라 고민 하는 경우도 있었다. 이런저런 일탈행위로 속을 썩이는 아이도 있었다. 철없이 담배를 피우기도 하고, 학교 폭력에 연루되거나, 도벽으로 경찰 조사를 받는 아이도 있었다. 사안이 생길 때마다 학생과 학부모와 힘든 상담을 했다. 어떤 때는 파출소로 달려가서 담임 반 아이를 변호하기도 했다. 휴일에도 집으로 걸려 오는 전화에 '혹시 내 반

아이가 사고를 친 것은 아닐까?' 걱정하며 가슴 졸인 적도 있었다. 한밤중에 일어나 갑자기 발생한 사안에 어떻게 대처해야 할까 하고 거실을 서성이며 잠을 설치기도 했다.

그렇게 담임교사로서 1년이 지났다. 아이들이 졸업하면 마음이 편할 줄 알았다. 그런데 이상한 일이었다. 정신없이 지내왔는데도 왠지 아이들과 헤어지기 서운했다. 그러다가 아이들과 일방적으로 약속을 해버렸다. 졸업하고 10년째 되는 해에 학교 정원에서 만나자는 약속을 내가 제안한 것이다. 당시 우리 반은 3학년 1반이었다. 그래서 잊지 말자고 3월 1일, 오후 3시 1분에 만나자고 했다. 10년 뒤에 만나자고 했다. 그렇게 하고 싶었다. 아이들 미래의 모습을 보고 싶었다. 이제야 돌이켜 보면 그것은 말이 약속이지 일방적인 제안 정도였던 것 같다. 담임교사의 말을 들은 아이들은 '그런 터무니없는 약속도 있나?' 하는 정도의 반응을 보이는 것 같았다. 약속을 지키지 않는다고 아무도 제재하거나 탓할 일이 아닌 그런 약속이었다.

아이들은 졸업했고, 며칠 뒤 나는 다른 학교로 떠났다.

과연 10년 뒤에 내가 일방적으로 한 약속을 지켜 줄 아이가 있을까? 처음 한두 해는 몇 명 아이들은 약속을 지킬지도 모른다고 희망을 품기도 했다. 그런데 3년, 4년 시간이 흐르면서 그 약속은 나조차도 희미해져 갔다. 그런 일방적인 나만의 바람 같은 약속이 과연 지켜질까? 하는 회의도 들었다. 단 한 명이라도 잊지 않고 약속을 지킨다면 아마도 큰 행운일 거라는 생각도 들었다. 그렇게 시간이 흘렀다. 어쩌다가 그때 담임 반 아이들이 잠깐 생각나기도 했지만 그게 다였다. 시간이 지나며 아이들 얼굴도 조금씩 잊혀갔다. 어차피 지켜지지 않을 약속인지도 모를 일이었다. 아니 애초부터 그건 농담 같은 이야기에 불과했던 것 같았다. 전근 간 학교에서 나는 무척 바빴다. 수업에, 진학지도에, 행정업무에, 생활지도에 정신없이 시간이 흘렀다. 몇 년 뒤 나는 다시 학교를 옮겼다.

　그런데 바로 며칠 전 수업을 하고 나오는데 책상 위에 메모지 한 장이 있었다. 어떤 사람이 나에게 '약속 시간에 나와 달라'는 메모였다. 그러면 아실 거라는 게 메모를 전해 주는 선생님의 전언이었다. 그게 다였다. '약속이라니?', '내가 무슨 약속을 했지?' 최근에 친구들이나 아는 사람과 했던 약속을 기억해 내려고 애썼지만, 소용이 없었다. 그러다가 10년 전의 그 '약속'이 불현듯 떠올랐다. '아. 3월 1일 오후 3시 1분.' 그 생각이 들었다. 전화를 한 사람은 틀림없이 10년 전 담임했던 제자 중 한 명일 거라는 확신이 들었다. 설레는 며칠이 지났다.

그렇게 10년 만에 다시 찾은 교정에서 3학년 1반 담임 반 아이를 기다리고 있었던 거였다. 과연 어떤 아이가 그때 담임교사가 일방적으로 한 약속을 지키기 위해 이곳에 오고 있을까? 약속 시간이 거의 다 되어가고 있었다. 나는 제자가 중3 때 담임인 날 찾아 들어올 거라는 기대에 교문에서 눈을 뗄 수 없었다.

드디어 교문 쪽으로부터 부지런히 걸어오는 건장한 청년이 눈에 띄었다. 가까이 다가올수록 그 청년은 내가 가르쳤던 담임 반 학생이라는 확신이 들었다. 마침내 그 청년이 '선생님'하고 나를 불렀다. 10년 만의 상봉이었다. 나보다도 머리 하나는 더 있음 직한 큰 키의 청년이었다. 나는 청년을 부둥켜안았다. 청년의 이름은 진성이었다. 반갑고 고마웠다. 그리고 궁금했다. 어떻게 지냈는지도 궁금했고, 10년 전의 약속을 어떻게 잊지 않을 수 있었는지도 궁금했다. '어떻게 약속을 지킬 수 있었니?'라는 나의 물음에 진성이는 '선생님이 약속을 꼭 지킬 거라고 믿었기에 그럴 수 있었다'고 했다. 한 해도 잊지 않고 한 해 한 해 기다렸다고……. 진성이의 이야기를 들으며 나는 마치 무슨 큰 보상이라도 받는 듯 기뻤다. 진성이는 고등학교와 대학교에 진학한 뒤 대기업에 취업하여 해외 근무를 하게 되었다고 했다. 그런데 중3 때 담임선생님인 나와의 약속을 지켜야 하는 해가 되어, 혹시라도 약속을 지키지 못할까 봐 귀국 의사를 회사에 밝혔다고 했다. 그래서 올해부터 국내 근무를 하게 되었다는 말도 덧붙였다. '그랬구나. 중학교 때 담임선생님과의 약속을 지키기 위해 해외 근무를 접고 이곳에 이렇게 왔구나.' 진성이의 말을 들으며 나는 한없이 고마웠다.

진성이와 대화를 하는 동안 또 한 명의 청년이 다가왔다. 역시 '선생님' 하고 불렀다. 용호였다. 용호는 자신이 바로 며칠 전 내가 근무하는 학교로 전화했다고 말했다. 그동안 쭉 내가 근무하는 곳을 알고 있었다고도 했다. 반갑고도 고마웠다.

그렇게 그해 3월 1일 오후 3시 1분에 담임선생님을 10년 만에 찾아온 제자들은 두 명이었다. 우리는 한참이나 교정을 거닐며 추억에 젖었다. 부쩍 자란 키 큰 나무도 보고 이제 며칠 지나면 봄꽃을 피워낼 꽃나무도 바라보고, 운동장도 걷고 하면서 서로의 마음속에 간직했던 추억을 꺼내며 즐거운 시간을 가졌다.

저녁 무렵이 가까이 되어 우리는 근처 찻집에 앉아 담소를 이어갔다. 용호가 말했다. 선생님께 잘 자란 모습을 보여드리고 싶었다고. 중학교 때 용호는 시내 일반계 고등학교에 진학 하려고 했었지만, 성적이 조금 모자랐다. 학부모가 강하게 원해 원서를 쓰긴 했지만, 결국 합격자 발표 명단에 용호의 이름은 없었다. 그러다가 2월 마지막 날 11시쯤이었다. 교육청으로부터 용호가 추가 합격하였으니 정오까지 입학금과 수업료를 납부하라는 연락이 왔다. 급했다. 납부 시한을 넘기면 추가 합격은 취소된다고도 했다. 곧바로 학부모님의 전화를 눌렀다. 하지만 통화가 되지 않았다. 10분, 20분 시간은 흘렀다. 초조한 마음으로 계속해서 전화번호를 눌렀다. 집으로도 하고 휴대전화로도 하고, 메시지도 남겼다. 그러다가 30분이 지나서야 겨우 연락이 되었다. 초조하게 시간은 흘렀고 마침내 입학금과 수업료가 시간 내 납부되었다는 연락을 받았다. 용호는 그렇게 본인이 원하는 시내 일반계 고등학교에 마지막 추가 합격자가 되었다. 용호는 고등학교와 대학교에 진학 하면서 중3 때 담임교사에게 자신이 열심히 노력해서 성공하는 모습을 보여 드리고 싶었다고 했다. 청년이 된 용호의 직업은 공무원이었다. 그렇게 성공해서 담임선생님 앞에 섰던 것이다.

용호와 대화를 나누다 보니 자연스레 진성이와도 대화를 이어가게 되었다. 진성이는 자신의 전공을 살려 컴퓨터 관련 일을 한다고 하였다. 중학교 때 진성이는 학급의 컴퓨터를 관리하는 요원이기도 했다. 수업 시간에 활용되기도 하는 학급의 컴퓨터는 여러 사람이 사용하다 보니 고장 나기 일쑤였는데 진성이는 컴퓨터를 도맡아 고쳤다. 어떤 때는 담당 선생님도 찾아내지 못하는 고장 원인을 찾아내곤 하였다. 중학교 때 이야기를 하다가 갑자기 진성이 눈빛이 잠시 흐려지는 게 느껴졌다. 그리고는 나에게 중학교 2학년 때 담임선생님 안부를 묻는 거였다. 나는 잊지 않고 중2 때 담임선생님의 안부를 묻는 진성이가 고마웠다. 마침 그 선생님과는 가끔 전화 통화가 되곤 했기에 선생님께 전화를 걸었다. 그리고는 중학교 때 제자 진성이가 선생님을 찾는다고 하면서 전화를 바꿔 주었다. 통화가 한동안 지속되었다. 그런데 진성이가 눈물을 글썽이는 게 보였다. 의아했다. 시간이 좀 흐르자 진성이가 입을 뗐다. 사실은 중2 때도 진성이는 학급의 컴퓨터 관리 요원이었다고 했다. 그런데 컴퓨터에 열중하다 보니 컴퓨터를 뜯어보고 싶은 마음에 학급의 컴퓨터에서 중앙처리 장치를 떼어내 집으로 가져가서 살펴보곤 했다는 것이다. 그런데 그것이 담임선생님의 오해를 사서 심한 꾸지람을 듣고 선생님과의 신뢰 관계가 회복할 수 없는 지경에 빠졌었다는 거였다. 그리고 중 3이 되어 컴퓨터 관리 요원을 할 수 없을 수도 있지 않을까 걱정했는데 담임이었던 나는 자신을 믿어주었다는 거였다. 그제야 나는 진성이가 당시 컴퓨터 관리 요원을 맡으면서 나에게 했던 말이 생각이 났다. '선생님, 절 믿으세요?'라고 했던 말이. 나는 '너처럼 맑은 눈을 가진 사람을 못 믿고 누굴 믿겠니? 난 널 믿어.'라고 했던 말도 기억이 난다. 진성이는 자신을 믿어주는 담임선생님께 자신이 성공했음을 보여드리고 싶었다고 했다. 그랬구나. 그런 믿음이 10년의 약속을 지키게도 하는구나 싶었다. 중2 때 담임선생님은 진성이와 통화를 하면서 처음으로 자신이 진성이를 오해했었다고 말했다고 했다. 오랫동안 오해했었지만 진성이가 진심이었음을 한참 뒤에야 깨닫게 되었다고 말씀 하셨다는 말도 덧붙였다. 눈물을 보이던 진성이는 그러나 환한 얼굴이었다.

제자들과 헤어져 집으로 돌아오는 내내 제자들의 얼굴이 어른거렸다. 오늘 약속을 지키기 위해 나와 준 진성이와 용호가 고마웠고 나오지 못한 다른 제자들의 철부지 중3의 얼굴도 어른거렸다. 11년 만에 중2 때 담임선생님과의 신뢰를 회복한 진성이의 눈물 어린 얼굴과 그리고 자신의 건재함을 보여드리고 싶었던 용호의 웃는 얼굴이 계속해서 눈앞에서 어른거렸다.

'믿음', '인정'과 같은 단어들이 내내 머리에서 떠나지 않았다.

돌아설 때

　고등학교 교사로 재직하던 때였다. 10분간의 휴식 시
간이었다. 한 시간 수업을 마치고 교무실 자리에 막 앉
으니 또 한 통의 전화가 걸려 왔다. 방송통신고등학교
편입학에 관한 문의 전화였다. 나는 고등학교에서 문학
을 가르치면서, 교육 소외 계층을 위해 설립되어 운영
되는 방송통신고등학교 업무도 함께 맡고 있었다. 그런
데 통화하시는 분의 목소리는 밝지 않았다. 그도 그럴
것이 고등학교에 다니는 딸이 무던히도 속을 썩이는 모
양이었다. 가출에 무단결석, 거기에 학교 폭력에까지 연
루되어 다니던 학교에 도저히 더 이상 다니지 못할 딱
한 사정에 처했다는 게 그 요지였다. 이 학교 저 학교
전학 갈 학교를 찾아보아도 여의치 못해 방송통신고등

학교의 문을 두드렸다는 것이었다.

전화 하신 어머니는 딸이 정상적으로 일반 학교에 다니기를 간절히 원한다고 하셨다. 그리고 이런 소박한 소망마저 산산이 깨져 버리는 현실 때문에 깊은 절망의 늪에 빠져 헤어날 수 없다고까지 말씀 하셨다. 그 어머니에게 월 2회 일요일에 출석 수업과 통신 학습으로 운영되는 방송통신고등학교의 편입 방법 및 시기 등에 대해 안내해 드리고, 몇 마디 위로의 말씀도 드렸다.

> 그럴 때도 있는 게다
> 저기 바로
> 가장 높은 환희가 손짓하더라도
> 오로지 정상만을 향한 걸음
> 여기서 멈추고 그만
> 등 돌려야 하는 때도 있는 게다
>
> 그래
> 돌아서야 하는 때가 있는 법이다
> 이제껏 쌓아 올린 네 모든 희망 던져버리고
> 쓰러질 듯 네 한 몸 추스르면서
> 한 발아래로 내디뎌야만 하는 때 있는 법이다
>
> ― 「돌아설 때」 부분. 『어머니의 새벽』 2002 다층

대부분 부모는 자식을 낳아 거의 모든 것을 희생해가며 그 자식을 애지중지 키우신다. 그 자식은 부모님의 희망으로 무럭무럭 자라나야 하지만, 현실은 결코 그렇지 못한 경우가 많다. 초등학교 때 그렇게 똑똑하고 예의 바르던 내 자식이 중학교에 올라가면서 성적이 차츰 떨어지더니 급기야 고등학교에 와서는 자퇴니, 퇴학이니 하는 말을 듣게 된 현실을 어머니는 받아들일 수 없는 것이다. 그래서 절망하고 힘들어하시는 예도 있다.

그래도 한 번 돌려 생각해 보면 어떨까 싶다. 사실 제일 힘든 사람은 다름 아닌 학생 자신이다. 부모님의 속을 어지간히 썩이고 있는 그 학생도, 남몰래 고민 하고 속으로는 많이 울고 있다는 것을 넉넉한 마음으로 헤아려 보면 어떨까 싶다. 당장 내 자식이 과거의 모범생으로 돌아가기보다는 좀 멀리 바라보았으면 싶다. 긴 인생길을 생각해 보면 학업을 좀 뒤로 늦춘다고 해서 그게 그렇게 큰 문제가 되는 것은 아닐 것이다. 중요한 것은 희망을 버리지 않는 것이다. 희망을 버리지 않고 기다린다면 내 사랑하는 딸이, 아들이 반드시 돌아와 부모님의 품을 따뜻하게 할 것이라 믿어 보자.

방송통신고등학교에는 경제적인 이유로 학업을 중단할 수밖에 없었던 50대의 가장도 있고, 가난하지만 엄격한 아버지 밑에서 감히 고등학교 진학 이야기를 꺼낼 수도 없었던 환갑을 넘긴 할머니도 계시다. 아저씨, 아주머니, 할머니, 할아버지도 함께 공부하는 곳이 방송통신고등학교이다. 연로하신 학생 중에는 과거에 일탈행위로 인해 공부를 중단하셨던 분도 물론 계시다. 돌고 돌아 결국은 다시 학교로 돌아와 다하지 못했던 공부를 하고 계시는 거다.

상황을 피하지 말고 현실을 인정하고, 받아들이고, 조급해하지 않았으면 싶다. 학생도 방송통신고등학교로의 편입학을 원하면 그렇게 했으면 싶다. 방송통신고에 편입학 하여 어르신들에게 인생을 살아가는 이야기도 들으며 공부하는 것도 이 난관을 극복하는 한 가지 방법이지 않을까 싶다. 만약 학생이 그걸 원하지 않는 경우에는 조금도 기다려봤으면 싶다. 부모님이 희망의 끈을 놓지 않는 한 아이도 언젠가는 그 희망을 다시 바라본다고 나는 믿는다.

> 그래도 저 끝 어디쯤 들꽃 몇 송이 피어 있노라고
> 믿어야 한다
> 저기 다시 올려다볼 봉우리
> 하얗게 빛나고 있음도
>
> - 「돌아설 때」 부분. 『어머니의 새벽』 2002 다층

졸업

졸업의 달 2월이다. 어린이집에서부터 대학원에 이르기까지 각종 학교가 2월이 되면 다투어 졸업식을 한다. 이때가 되면 졸업하는 당사자는 물론이고 가족과 친척이나 친구들까지 설레고 기쁜 마음으로 졸업을 축하한다. 그렇다. 졸업은 당연히 축하받아야 할 일이다. 몇 년을 학교에 다니면서 갈고 닦아온 학업을 마치는 일이니, 축하 받아야 당연한 일이다.

많은 졸업식 가운데 특히 어렵고 힘든 학업을 무사히 마치고 졸업하는 분들에게 더욱 큰 축하의 박수를 보낸다. 우리 주변에는 평탄하고 무난한 삶을 사는 이들이 대부분인 것 같지만 학령에 맞추어 학교에 다니지 못한 사람이 의외로 많다. 가정 형편 때문에 상급 학교에 진학 하지 못한 예도 있고, 또 다른 여러 가지 이유로 학업을 중도에 포기한 채 지내다가 뒤늦게나마 방송통신 중학교나 고등학교의 문을 두드리는 분들도 있다. 학력에 대한 콤플렉스로 힘들어하다가 어렵게 결심하여 입학한 대부분 학생은 평소에 못 이룬 학업에의 한을 풀며 공부에 전념한다. 10대에서부터 70대에 이르는 다양한 연령층이 같이 공부하는 방송통신 중·고등학교에서 학우들과 어울리려 애쓰며 학업에 몰두한다. 격주 일요일에는 출석 수업을 하고 틈이 나는 대로 인터넷을 이용한 원격수업에 몰입한다. 한 자라도 더 배우기 위해서 시간을 쪼개고 쪼개서 공부한다. 출석 수업 일에는 학교에 나가 선생님께 수업도 받고 중간고사나 기말고사 때면 시험도 본다. 비록 남들처럼 제때 공부하지 못하고 뒤늦게 하는 공부지만, 공부가 재미있고 사는 것이 즐겁다. 그렇게 1년을 지내고 다시 1년을 더 지내다 보면 어느덧 3학년이 되어 졸업을 맞이하게 된다. 학벌이 모자라서 남몰래 눈물을 흘리던 때도 있었을 것이다. 남들이 무시하는 것만 같아 자격지심에 사소한 일에도 상처받기를 거듭했을 수도 있다. 졸업. 이제 학교를 졸업하며 그 서러운 눈물을 다시 흘리지 않아도 된다.

나는 오랫동안 일반계 고등학교에 근무하면서 겸직으로 방송통신고 업무를 여러 해 동안 보아왔다. 그래서 우리 사회에서 학벌이 얼마나 중요시 취급되는지 잘 알고 있다. 학력 때문에 받는 사회적 제약은 반드시 해소되어야만 할 것이다. 한편 그러한 사회적 제약 때문에 자신이 하고 싶은 일을 하지 못하고 그 한계를 극복하고자 방송 통신 중·고등학교에 진학 하는 분들에게 진심에서 우러나오는 박수를 보낸다. 남편이나 아내에게도 털어놓고 싶지 않은 학력에 대한 콤플렉스를 이제는 훌훌 털어 버릴 수 있노라며 자랑스러워하는 졸업생 여러분에게 진심으로 축하의 마음을 전한다. 그리고 그동안의 어려움을 무릅쓰고 학업에 전념했던 그 노고에 존경을 표한다. 그러면서도 그동안 정들었던 분들을 떠나보내야 하는데 진한 아쉬움이 남는다.

이월엔
날아오른다

나무도 새를 따라

날개를 친다

알을 깨고 나오던 날

첫 번째 잎사귀 싹을 틔워

가슴을 열고

새들은 날로 푸르러졌다

솜털 보숭이 두근거리던 처음처럼

둥지를 키우며 나무는 옹이를 늘려갔다

홀로 자란 듯

홰를 치는 이름들

이월에는

나무도 푸드덕 자리를 턴다

– 「졸업」 전문. 『어머니의 새벽』 2002 다층

  한편 졸업은 마침이면서 또 다른 시작이다. 그래서 다
시 출발하는 분들에게 꿈을 다시 크게 꾸고 힘차게 앞으
로 나아갈 것을 권한다. 배움에 끝은 없다. 우리가 세상
의 연을 놓는 그 순간까지 아마도 우리는 끊임없이 배우
며 살아가야 할 것이다. 이제까지 어려움을 극복하고 노

력해 왔듯이 계속해서 학문의 문을 두드리며 열심히 살
아갈 것을 권한다.

졸업의 달 2월은 다시 시작해야 하는 출발의 달이기
도 하다. 모든 졸업생에게 다시 축하의 박수를 보낸다.
그리고 내일을 향한 더 힘찬 출발을 기원한다. 꿈을 크
게 가지고 최선을 다해 노력하는 당신 앞에 행복의 문
은 반드시 열릴 것이다.

안부 전화

몇 해 전, 교직에 근무할 때였다. 업무 특성상 민원인의 문의가 워낙 많은 내 책상 위 전화기가 또 울렸다. 전화를 받으니 대뜸 내 이름을 대며 본인이 맞느냐고 묻는 거였다. '어떻게 내 이름까지 알았을까?' 궁금하기도 하고 다소 긴장도 되었다. 그런데 전화기 저편에서 뜻밖에도 '선생님, 저 35년 전에 가르치셨던 종엽이에요.'라는 소리가 들렸다. 순간 까마득한 기억의 저편에서 뇌리를 스치는 얼굴이 있었다. 나의 첫 근무지였던 충남 서산 음암중학교에서 가르쳤던 첫 번째 제자 중 하나였다. 많고 많은 제자 중에서 이름과 얼굴이 정확하게 일치 하여 기억 하기는 결코 쉬운 일은 아니다. 더 더군다나 35년 전 제자라니. 용케도 얼굴이 기억나긴 했지만, 혹시 내 기억이 부정확한 것은 아닌지 이것저 것 물어보았다. 신통하게도 내 기억에 있는 그 제자였 다. 제자는 이제 나이가 50을 바라보고 있다고 했다. 그 동기들이 모여서 중학교 시절 이야기를 하다가 내 이야 기가 나오고, 그래서 내가 있는 곳을 알아내려고 여기 저기 수소문 끝에 전화했다는 거였다.

반가웠다. 35년 전이라니. 참 긴 세월이 지났는데도 기억해 주고, 있는 곳을 알아내어 전화까지 해 준 성의 가 아주 고마웠다. 그런데 그 오래전에 나는 제자들에 게 무엇을 어떻게 가르쳤는지는 잘 생각이 나지 않았다. 그래도 까마득한 기억을 더듬어 보았다. 어렴풋한 기억 속에서도 생각나는 것은, 방학 때면 아이들이 내게 편 지를 많이 보냈고 나도 열심히 답장했다는 거였다. 어 느 날은 아침부터 늦은 밤까지 밖에 나가지도 않고 종 일 답장만 쓰며 보냈던 일도 있었다. 지금처럼 메일로 보내는 것이 아니고 나란한 줄이 그어진 편지지에 일일 이 손으로 일정한 분량을 채워 답장하기란 시간이 오래 걸리고 개개인의 성격이나 형편에 맞게 써야 하는 어려운 점도 있었지만, 그래도 편지를 보내는 아이들에게는 꼭 답장했다. 그게 소문이 났는지 안부 편지가 방학 내내 참 많이도 왔다. 종엽이도 내게 편지를 보냈고, 내가 보낸 답장을 받아 가족과 친구들에게 선생님에게서 답장 편지가 왔다고 자랑도 했다는 말도 덧붙였다. 그리고 며칠 뒤 그 옛적, 소풍 가서 나와 함께 찍은 중학교 시절 사진과 현재의 모습을 담은 사진을 보내왔다.

전화를 받을 무렵 나는 좀 의기소침해 있었다. 교직에 대한 사회적 분위기가 그랬고, 내가 맡은 아이들도 예전 아이들과는 많이 다르다고 느껴지곤 했기 때문이었다. 선생님으로서의 자긍심도 점점 떨어지는 것 같았다. 주변의 선생님들께서도 한 분 두 분 명예 퇴임을 하고 교직을 떠나시려던 때였다. 교단을 떠나시려는 선생님들의 한결같은 말씀은 교단이 예전 같지 않다는 것이었다. 그 말씀은 예전처럼 이 사회가 선생님으로서의 명예나 자존심을 지켜주려 하지 않는다는 것이었다. 교권이 실추된 현실에 대한 개탄이라는 생각이 들었다.

그런데 그날 그렇게 옛 제자의 전화 한 통을 받고 나는 억눌린 듯한 마음에서 조금은 벗어날 수 있었다. 비록 제자들이 가르칠 당시에는 별말을 하지 않아도 그들의 마음속에는 '늘 선생님이 자리하고 있었구나'라는 생각이 다시 들었다. 그 전화를 받고 난 얼마 뒤, 35년 전에 종엽이와 함께 공부했던 서산의 다른 제자들로부터 여러 통의 전화를 이어서 받았다. 영라 한테도 전화가 오고 종국이 한테도 왔다. 옛날애기도 하고 살아가는 애기도 나눴다. 반갑고 고마웠다. 그로부터 며칠 뒤 종국이가 멀리 서산에서 날 찾아왔다. 35년의 세월을 뛰어넘어 쉰 가까운 나이의 중년 신사가 중학생으로 돌아가 옛 선생님을 찾아온 것이다. 그 동기들이 성화를 대어 나와 사진을 찍어서 꼭 휴대전화 밴드에 올려달라는 요청 때문이라는 것이었다. 나는 흔쾌히 응했다.

그리고 세월이 흘렀다. 나는 교직에서 정년퇴직했다. 가끔 옛 제자들이 안부 전화를 해오거나 메일을 보내온다. 그래도 끝까지 교단에서 남았다가 정년퇴임을 할 수 있었던 것은 믿고 지지해 주던 제자들 덕분이 아니었나 싶다. 난 요즘도 잠을 자다가 꿈을 꾸곤 한다. 제자들과 함께하는 즐거웠던 교단에서의 생활을…….

할 수만 있다면 다시 돌아가고 싶다. 그래서 아이들과 대화도 많이 하고, 고민 있는 아이에게 먼저 손 편지도 보내는 따뜻한 선생님이 되고 싶다.

선생님께 드리는 상장

　스승의 날이었다. 그날도 나는 오랜 교직 생활에 젖은 익숙한 몸짓으로 넥타이를 반듯하게 매었다. 거울을 보았다. 거울 속에는 당당하고 싶어 하는 교사가 한 분이 서 있었다. 그래야만 했다. 출근길에 시내버스를 타고 학교로 향하면서 문득 한 가지 생각만 뇌리를 스쳤다. '최소한 오늘만이라도 허리 꼿꼿이 세우고 지내보자.'라고. 스승의 날 등굣길에 왜 그런 생각이 들었는지 잘 모를 일이었다. '스승의 날에는 더욱 권위있고 당당하게 마음가짐을 가져야 하는 게 당연할 텐데, 그런 날 아침에 '겨우 허리나 꼿꼿이 세우고 하루를 지내기를 다짐하고 있다니.' 좀 씁쓸하기까지 했다.

　그러면서도 혹시나 우리 아이들이 법으로 금하는 종이 카네이션을 만들어 오면 어쩌나 하는 불안감도 일었다. 편지는 되지만 종이로 만든 카네이션도 받으면 안 된다니 만일 만들어 오는 아이가 있으면 어떻게 돌려주나 하는 걱정이 들었다. '정성을 다했을 그 마음을 돌려보내야 하는 난감한 사태가 일어난다면 어떡하나?' 하는 걱정이 자꾸 일었다.

　그리고 학교에 도착했다. 스승의 날이지만 학교는 평상시와 조금도 다름이 없이 일과가 진행되었다. 교실에서 수업이 진행되고 운동장에서는 체육수업을 하고. 특별히 찾아오는 학생도 없었다. 다행이다 싶었다. 나는 조심스러운 마음으로 그렇게 스승의 날을 맞이했다. 그런데 얼마 뒤 교무실 저쪽 구석에서 학생 몇 명이 선생님 앞에서 무언가를 드리는 게 보였다. 나는 애써 외면했다. 그러기를 몇 차례 교무실이 술렁이기 시작했다. 스승의 날에 학생들이 선생님들께 내민 것은 뜻밖에도 일반 상장 용지였다. 대체 무슨 일이 있는 건지 궁금했다. 여기저기서 선생님들의 밝은 웃음소리가 들렸다. 그

러다가 드디어 내 차례가 되었다. 대표 학생이 들고 찾
아온 것도 다른 선생님들처럼 상장이었다.

상장 2017-♥호

팔방미인상

　위 선생님께서는 수업이면 수업, 외모면 외모,
한 번 빠지면 헤어 나올 수 없는 매력을 가지셨
으므로 이 상장을 드립니다.
　2017년 5월 15일 ○학년 ○반 일동

　상장에는 그렇게 적혀 있었다. 순간 나는 일어나 학
생처럼 상장을 받았다. 기뻤다. 선생님께 상장을 줄 수
있다니. 내심 선생님을 위하는 그 참신한 발상에 즐거
웠다. 학생회를 중심으로 스승의 날을 어떻게 보낼까
고민 하다가 늘 학생들만 상장을 받는 것 같아, 거꾸로
선생님들께도 상장을 드리자고 의견이 모였다고 한다.
교무실 여기저기서 탄성이 일었다. 어떤 교실에선 스승
의 날 노래가 울려 퍼졌다. 스승의 날을 다시 찾은 듯
흐뭇했다. 그리고 어떤 선생님이 어떤 상을 받으셨나

궁금해져서 여기저기 기웃거렸다. 어떤 선생님은 '츤데레상'을 받았다. 무심한 듯하지만, 학생들을 잘 챙겨주셔서 드리는 상이라고 했다. 또 어떤 선생님은 글씨를 언제나 바르게 쓰셔서 '바른 글씨상'을 받았다. 어떤 선생님은 '한약상'을 받았는데 한약처럼 쓰지만 좋은 말씀을 해주셔서 드리는 상이라고 했다. '참된 아버지상', '웃음 전도사상', '길잡이상', '이쁨상', '노벨교육상', '시인상', '잘 웃는 ','마음 공감상' 등 상장의 종류도 참 다양했고 그 다양한 상의 내용들이 상을 받으시는 선생님에게 참 잘 어울리는 내용이었다.

아마도 상을 받으신 선생님들 모두 나와 마찬가지로 기쁘고 즐거우셨으리라. 불안하고 걱정이 되는 스승의 날이 즐겁고 행복한 마음으로 보낼 수 있는 스승의 날이 되었으리라. '더욱 열심히 학생들에게 다가서고 더욱 열정적으로 수업에 임할 수 있는 날이 되었으리라'는 생각이 들었다. 오후가 되자 스승의 날 행사가 참신하고 특이해서인지 여기저기 전국 뉴스를 타며 그 내용이 소개되기 시작했다.

참 오랜만에 웃음꽃이 핀 스승의 날이었다.

스승의 날

교직에 있던 마지막 해, 5월도 중순으로 접어들던 때였다. 스승의 날이 되어도 종이로 만든 카네이션마저 달아드리기 망설여지던 사회적 분위기가 팽배해 있던 때였다. 선생님들은 스승의 날이지만 꽃 한 송이 달지 않는 것이 오히려 마음 편하다고 생각하는 것 같았다. 스승의 날에 부담스러운 꽃송이를 가슴에 달기 보다는 차라리 그 본래의 의미를 되새겨 보려는 선생님들이 대부분이지 않았나 싶었다.

그해 나는 공교롭게도 스승의 날에 출장이 있어서 외지에 나가게 되었다. 스승의 날에 직접 자신을 가르치는 부담스러운 선생님의 한 사람을 바로 눈앞에 대하지 않아도 될 학생들의 처지를 생각해 보면서, 제자가 없는 홀가분한(?) 스승의 날을 지낼 수 있었다.

시간이 좀 흐르자 휴대전화에 몇몇 옛 제자로부터 문자가 도착해 있었다. 문자의 내용은 나를 추억 속으로 빠져들게 하였다. 이제 쉰 살을 바라보는 중학생 때 담임을 맡았던 어느 제자는 '선생님의 가르침을 잘 받아 씩씩하게 잘 생활하는 제자가 되도록 늘 노력하겠습니다'라는 내용의 문자를 보내왔다. 지천명의 나이인 제자에게도 내가 여전히 중학교 때 담임선생님으로 느껴졌나 보다. 어떤 제자는 '서른일곱, 마흔을 바라보는 나이가 되었지만, 선생님을 부르면 전 아직도 열일곱 꽃다운 여고생이 되는 것 같아요. 저를 마음속으로 늘 응원해 주시는 선생님을 생각하면 든든했답니다. 선생님이 계셔서 오늘이 참 감사하네요. 건강하세요, 선생님~ 중년의 멋스러웠던 선생님을 이 제자가 늘 기억할게요.'라고 보낸 제자도 있었다. 이런저런 내용의 문자를 보면서 제자를 가르치며 살아온 오랜 세월을 반추할 수 있었다. 교사로서 더 잘하지 못해 후회되는 일도 많았다. '더 열심히, 더 성실하게, 더 자상하게 대할 수도 있었을 텐데'라는 아쉬움도 내내 남았다.

출장을 끝내고 교무실로 돌아오니 책상 위에 있는 종이 한 장이 보였다. 언뜻 부담임을 맡은 반의 학생들 글씨가 눈에 띄었다. 20여 명의 학생이 저마다 한 마디씩 적어 놓은 종이 한 장에는 '오랜 시간 교직 생활 힘든 일도 많으셨겠지만, 저희를 위해 노력해 주셔서 감사합니다.', '늘 열정적인 수업에 감사드려요.', '전 항상 선생님이 좋았습니다.' 등의 문구가 기록되어 있었다. 적혀 있는 글을 보며 피하고 싶은 스승의 날에 느꼈던 피로감이 사라지는 듯했다. '정말 이제 아이들과 함께 할 생활도 그리 많이 남아 있지 않구나.'라는 생각에 한 글자 한 글자가 소중하게 느껴졌다. 그리고 그 글귀에 담긴 의미를 오래오래 되새겨 보았다. 남은 교직 생활을 하는 동안 정말 열심히 보탬이 되는 스승이 되어 보기로 마음먹었다.

솔직히 그동안 '스승의 날에 행복 했다거나, 교사로서 자부심을 느꼈다'라고 말한다면 그것은 거짓말일 것이다. 그만큼 우리 사회는 더 이상 선생님을 막연히 존경하지도 존중하지도 않는다는 생각이 들곤 했다. 스승의 날을 전후하여 매스컴에서는 선생님의 비리를 고발하는 내용의 보도를 하는 경우가 많았다. 그런 보도를 접하면서 많은 선생님은 마치 자기 일처럼 부끄러워하고, 심지어 자괴감을 느끼기도 한다. 그리고 어떤 선생님은 그동안 망설였던 명예 퇴임을 결심하는 경우마저 있다고 한다. 명예를 목숨처럼 소중히 여기며, 가르치는 사람으로서 자존심만으로 살고 있다고 해도 될 선생님들의 마음을 그처럼 상하게 할 이유가 있을까 아무리 생각해도 모를 일이었다.

많은 선생님들은 스승의 날에 가장 큰 바람은 그저 아무 일 없이 조용히 지나가는 것이라고들 했다. 아무 일 없이… 별다른 주목을 받지 않고 그저 조용히 지나가기를 바랐다. 나 역시 그랬다. 주눅 든 스승의 날과 관련되어 더욱 강화되는 각종 제재가 가슴을 더욱 답답하게 하기도 했다.

교직에서 정년퇴임을 한 지 4년이 지나간다. 교육 현장은 여전히 크게 달라지지 않은 것 같다.

그래도 나는 믿는다.

'아직 대부분의 학생은 선생님을 따르고 있고, 마음속으로 존경하고 있다.'라고 '선생님들도 여전히 제자를 헌신적으로 사랑하고 돌볼 것이다.'라고. 교직 마지막 해 제자들이 함께 만들어 보냈던 메시지 형식의 편지를 다시 꺼내 읽어 보았다.

선생님께

8월입니다. 창밖으로 무성한 나뭇잎이 보입니다.

선생님, 저는 녹음처럼 싱그러운 교육열을 가지신 선생님을 늘 존경해 왔습니다. 저도 선생님처럼 힘차고 자신 있는 모습의 교육자가 되기를 꿈꾸었지요. 선생님께서는 교단에 선 저에게는 본보기셨습니다. 선생님께서는 수업 시간에는 언제나 최선을 다하셨고, 수업이 비는 시간에는 교재 연구에 여념이 없으셨지요. 대학입시를 준비하는 제자들에게는 자상하고 의지가 되는 상담자로서 제자들의 앞날을 열어주셨습니다. 선생님께서는 교단에 서시던 맨 처음 그때처럼 언제나 청년 같은 교육열로 교단을 지켜오셨습니다. 제자들에게는 참 좋으신 스승이셨고 동료 교사들에게는 훌륭한 멘토셨습니다.

그런데 선생님. 얼마 전 선생님께서 명예 퇴임을 신청하셨다는 말을 전해 들었습니다. 그리고 선생님의 바람대로 8월 말이면 퇴임을 하실 수 있으리라는 소식도 들립니다. 그 소식을 듣고 저는 한동안 생각에 잠기게 되었습니다. '정년까지는 아직 몇 년이나 남아 있는데 왜 퇴임을 서두르시는 것일까?' 하는 궁금증도 생겨났습니다. 건강, 가정사, 경제적 이유 등 막연히 몇 가지 사유들을 떠올리기도 했습니다. 저는 그 이유가 항간에서 떠도는 소문처럼 공무원연금의 지급액 축소 의혹과 같은 막연한 경제적 불안감 또는 불신감 때문이라고만 생각하고 싶지 않습니다. 교직에 대한 사명감이 유달리 강하시고 제자에 대한 애착이 남달리 크셨던 선생님께서 교단을 떠나시려고 결심하신 데는 그것만이 아닌 다른 이유가 분명히 있을 것이라는 생각이 들었습니다. 주변에 계신 여러 선생님께서는 명예 퇴임을 하시려는 선생님들의 결심 이면에는 아마도 교단에 대한 실망이나 좌절감이 자리 잡고 있지 않겠느냐는 말씀들을 하곤 합니다. 이제는 '스승의 그림자도 밟지 않는다'라는 말은 먼 옛적의 전설로만 남았지요. 이제 어떤 선생님도 과거처럼 단지 선생님이기 때문에 존경받던 그 시절로 돌아가 존경받기를 바라는 분은 계시지 않습니다. 다만 선생님으로서 최소한의 자존심을 지키고 학생들 앞에 설 수 있기를 바라고 있을 뿐이지요. 그런데 그 최소한의 자존심도 지킬 수 없게 될지도 모른다는 불안감이 퇴임을 결심하게 한 것은 아니지, 조심스럽게 여쭈어봅니다. 바닥까지 떨어진 교권과 교단 경시 풍조를 더 이상 견딜 수 없으셨기에 인생에서 중요한 결단을 내리신 것은 아닌지 궁금하기도 합니다.

그런데 선생님. 생각해보면 그동안 선배 선생님들께서 학생들 앞에서 누릴 수 있었던 교사로의 권위도 자신보다는 제자를 먼저 생각하는 희생과 봉사에서 비롯된 것은 아닐까 하는 생각도 듭니다. 어쩌면 제자들에 대한 헌신적인 사랑이야말로 실추된 교권을 일으켜 세울 수 있는 유일한 길일지도 모른다는 생각도 들었습니다.

선생님. 이제 비록 교단을 떠나시더라도 후배 교사들

이 지켜야 할 교단에 그래도 희망이 있다고 말씀해 주십시오. 선생님들의 희생과 봉사가 남아있는 한 교단의 희망은 여전히 사라지지 않는다고 후배들에게 격려해 주십시오.

그동안 어렵고 힘든 교단을 지키시느라 정말 수고 많으셨습니다. 선생님의 제자에 대한 사랑과 헌신을 기억할 것입니다. 그리고 선생님의 거룩하신 교육자로의 모습을 가슴에 새기겠습니다. 힘들고 어려운 일이 닥치면 선생님께서 행하신 사랑의 힘을 기억하며 교단을 지키겠습니다. 선생님께서는 비록 교단을 떠나시더라도 마음은 여전히 우리들 곁에 남아 제자들을 사랑하고 계시리라 믿습니다.

고맙습니다. 선생님.

선생님의 선생님

선생님.

전국을 펄펄 끓게 했던 더위도 좀 누그러진 듯합니다.
시간이 가고 계절이 변하는 것은 자연의 이치인 듯싶군
요. 이제 선선한 바람이 불기 시작하는 9월이 멀지 않
은 것 같습니다. 그런데 그때가 오면 선생님의 모습을
교정에서 뵐 수 없다니 믿어지지 않습니다. 정년퇴임을
하신다니 믿어지지 않습니다. 선생님은 언제까지나 학
생들을 사랑하고 동료 교사들의 친근한 우상으로 남으
시리라 믿었는데 벌써 세월이 그렇게 흘렀나 봅니다.

불볕더위 보다 더 뜨거운 열정과 사랑으로 학생들을

대해 주셨던 선생님. 학생들만의 선생님이 아니라 동료 교사들에게도 진정한 스승의 길을 늘 일깨워 주시던 선생님의 선생님. 우리는 선생님을 그렇게 기억할 것입니다. 선생님이 걸어오신 스승의 길은 사랑과 정성이 가득한 길이었습니다. 선생님은 그 어렵고 힘든 스승의 길을 묵묵히 실천해 오셨습니다. 수업에 임하셨을 때 선생님은 언제나 5분 먼저 교무실을 출발하여 수업 종과 더불어 수업을 시작하셨고 수업 종과 함께 마치셨지요. 그렇게 40년을 한결같이 수업 시간을 정확히 지켜 오셨습니다. 그리고 수업 시간이 5분 정도 지나면 선생님이 계신 교실에선 예외 없이 박장대소하는 소리가 터져 나오곤 했지요. 선생님께서는 재미있는 수업. 기다려지는 수업을 매시간 이어 오셨습니다. 열심히 수업하는 선생님은 많이 계시지만 재미있게 수업하는 선생님을 만나기란 쉽지 않은데, 선생님은 정확하게 수업 시간을 지키고 재미있게 수업하셨습니다. 선생님께서 교무실 옆 반에서 수업하실 때면 몇몇 다른 선생님들은 일부러 교무실 문을 열고 선생님의 수업을 듣다가 학생들과 같이 웃음을 터뜨리곤 했었지요. 그런데 그 재미있고 역동적인 수업이 단지 타고난 재능만으로 만들어진 것이 아니란 것을 우리는 잘 압니다. 선생님께서는 언제나 가장 먼저 하시는 일이 교재연구이고, 수업 준비셨지요. 철저히 준비하고 미리 계획한 수업이었기에 선생님의 수업은 늘 재미있고, 역동적이었습니다.

선생님은 테니스로 다져진 건강한 몸으로 체력을 최선의 상태로 항상 유지하셨지요. 테니스장에서 선생님은 어떤 선수에게도 지지 않겠다는 강인한 정신력으로 투지를 불사르셨지요. 선생님의 그런 모습이 제자나 동료 선생님에게는 참으로 멋지게 보였습니다. 그런데 선생님, 우리는 다 압니다. 선생님의 그런 체력 관리도 결국은 최선을 다하는 수업을 하기 위한 것이었지요. 건강한 체력이 뒷받침되어야 제자 앞에서 당당할 수 있다는 것은 선생님의 말 없는 교훈이셨지요. 테니스장에서의 박력 넘치는 몸짓과 우렁찬 함성은 열정적이고 에너지 넘치는 수업으로 그대로 이어졌지요.

수업에도 열심이셨고 학생들의 진로 진학 상담에도 진심이셨던 선생님. 정성을 다하여 학생을 대하기에 학생들은 선생님을 믿고 의지했고, 그러기에 선생님을 찾는 학생이 줄이어 어떤 때는 날밤을 20여 일씩 새우며 학생들의 자기소개서를 살펴봐 주시기도 하셨지요.

최선을 다해 스승의 길을 가시되, 상을 받거나 승진하는 일을 전혀 돌아보시지 않고 오로지 제자가 잘되기만을 바라며 항상 당당했던 선생님. 친근했던 선생님. 그러기에 제자로부터 사랑받고 동료 교사로부터 존경받는 선생님. 교권이 추락하고 교단이 무너진 지 오래되었지만, 그런 상황에 아랑곳하지 않으시고 언제나 당당하고 자상하게 제자를 대할 수 있었던 선생님을 우리는 기억하고 교단을 지켜나갈 것입니다. 우리는 어느 사범대학 교정에 게시되었던 '가르치는 자는 배움을 게을리하지 않는다'는 교훈을 가슴에 새기며 거룩한 사도의 길을 실천하신 선생님을 기억할 것입니다.

고맙습니다. 선생님, 선생님의 선생님.

인연

일반계 고등학교에 근무하면서 방송통신고 업무를 겸직한 햇수가 거의 15년은 된 것 같다. 그러다 보니 나의 교직 생활에서 방송통신고와의 인연은 떼려야 뗄 수 없었다. 아무리 생각해봐도 짧지 않은 시간이었는데, 내가 느끼기엔 그리 길게만 느껴지지 않는다. 그것은 아마도 방송통신고 학생들과의 만남이 단순한 교사와 학생의 만남이 아닌 특별한 무엇이 있기 때문은 아닐까 싶다.

방송통신고 학생들은 인생의 깊이도 다르고 경험도 다양하다. 입학한 동기도 저마다 다르다. 나보다도 훨씬 연세가 많은 어르신 학생이 있었는가 하면, 10대의 어린 학생도 있었다. 부부가 같이 방송고에 다니는 학생도 있었고, 부자가 같은 반에 다니는 학생도 있었다. 어떤 할머니 학생은 중도에 학업을 그만두었던 손녀를 방송통신고에 편입시켜 같은 반에서 할머니와 손녀가 나란히 같이 졸업하기도 하였다.

방송통신고 학생은 개인마다 인생의 어려운 고개가 있었고, 고개마다 깊은 사연이 있는 것 같았다. 그래서 평일에는 본교의 수업과 업무처리를 해야 하고 일요일이면, 다시 방송고의 업무와 수업을 맡아야 하는 이중 삼중의 어려움을 참아야 하는 매우 힘든 일이긴 하지만, 나름대로 커다란 보람이 뒤따르는 것도 사실이었다. 방송통신고 학생들은 인생의 굴곡마다 극복하고 이겨낸 의지가 강한 분들이 많았다. 자기 삶을 개척할 줄 아는 도전 정신도 있는 분들 역시 많았다. 그래서 배우는 자세로 학생들의 삶에 귀를 기울이곤 했다.

어느 해는 2년을 이어 부부를 담임한 적이 있었다. 먼저 남편을 담임 하여 졸업시켰고, 뒤이어 아내를 담임 하여 졸업시켰다. 부부를 연이어 담임 하면서 내심 보람이 있었다. '방송통신고가 아니면 이런 경우는 어디 가서 할 수 없는 경험이다'라는 생각도 들었다. 부부애가 남달랐던 그들 부부는 학교생활도 참 열심이었다. 남편이 먼저 학생회 임원인 체육부장을 맡아 열과 성을 다해 열심히 활동하더니, 아내도 학생회 총무부장을 맡아 부지런히 학생회 활동에 참여하였다. 학교에 행사가 있을 때면 자기 일인 양 걷어붙이고 나서 척척 일을 처리해 나갔다. 나는 그들 부부를 담임 하면서 학교생활이 참 행복했던 듯싶다. 그들 부부 역시 학교생활에 만족하며 즐겁게 생활하는 듯했다. 그리고 졸업했다. 그런데 남편과 아내는 졸업하고도 모교인 방송고를 다시 찾곤 했다. 졸업식이나 입학식 때면 후배들을 격려하기 위해 학교를 꼭 찾았고, 체육대회라도 할라치면 어김없이 나타나 선생님과 후배들을 만나 악수하며 반갑게 인사하는 것을 잊지 않았다.

그러던 어느 해 졸업식이 있던 날이었다. 졸업식이 끝나고 점심 식사를 마칠 무렵에 그 아내 되는 제자가 불쑥 말을 꺼냈다. '선생님 우리 애 주례 좀 서 주세요.'라고. 순간 나는 당황스러웠다. '부부를 연이어 담임했지만, 그 아들까지 주례를 선다는 것이 부담스럽다는 생각도 들었고, '주례는 사회적으로 명망 있는 어른이 맡아야 한다는 생각도 들었다. 그래서 사양했다. 하지만 그 부부 제자는 한사코 물러서지 않았다. 그리고는 '아들 장가보낼 걱정을 하는데 주례는 누구에게 맡길까를 고민 하다가 부부가 동시에 내 이름을 거명했다'고 했다. '부부가 동시에.'라는 말이 나를 감동시켰다. 나는 도저히 더 이상 사양하지 못했다. 삶의 굴곡을 이겨낸 방송통신고 졸업생 부부가 동시에 아들 주례로 나를 거명했다는 말에 나는 그 부부의 아들과의 인연도 잇기로 생각을 고쳤다.

사실 주례를 맡기는 그때가 처음이었다. 나는 주례를 하는 사람은 사회적 위상이 남다르거나, 종교인이어야 한다는 생각을 하곤 했었다. 그런데 뜻밖에 결혼식 주례를 맡고 보니 설레기도 하고 긴장도 되었다. 그래서 같은 학교에 근무하는 선생님 중에서 주례를 많이 서보신 선생님의 자문을 받아 주례사를 작성했다. 몇 번을 고쳐 쓰고 다시 또 고쳐 쓰고를 반복하여 겨우겨우 주례사를 완성했다. 그리고 예식이 있던 며칠 전에는 식장을 미리 방문하여 사전 답사하기도 했다. 그리고 마침내 예식이 있던 날. 설레는 마음으로 식장에 들어섰다. 그리고 신랑과 신부 앞에 섰다. 그런데 신랑과 신부가 나보다 키가 훨씬 컸다. 나는 천장을 바라보듯 키가 큰 신랑과 신부에 묻혀 주례사를 낭독했다. 비록 키에 묻혔지만 긴 세월 수업으로 다져진 우렁찬 목소리로 힘차게 주례사를 읽었다. '잘 살아라, 행복하게 그리고 건강하게 살라'고 간곡히 부탁했다. 나는 새롭게 탄생하는 그 부부가 정말 이 세상에서 가장 행복한 부부가 되기를 빌었다. 방송통신고를 졸업하고 성실하고 열심히 살아왔던 신랑의 부모에게도 진심으로 축하해 주었다. 신랑과 신부 그리고 그들 양가 부모가 행복한 삶을 살기를 간절히 바랐다. 그 부부는 그렇게 아들을 장가들였고, 동시에 나도 첫 번째 주례를 무사히 마쳤다.

요즘 그 방송통신고 졸업생 부부는 손자 사랑에 깊이 빠져 있다고 한다.

어쩌면 좀 더 시간이 지나면 할아버지 할머니가 된 그 부부가, 주례를 맡았던 내 이야기를 그 손자에게 들려줄지도 모른다는 생각이 들기도 했다.

4부

청주 사람

영어 공부를 하다가 인터넷으로 한국 남자를 만난 것이
한국과의 첫 인연이었다. 그녀는 그렇게 남편을 만나서
남편 말고는 아무도 아는 사람 없는
이곳 청주에 머물게 된 것이었다.
같은 언어를 쓰면 형제지간이라고 했던가?

고향

　고향을 떠나온 지 오랜 세월이 흘렀다. 그래도 나는 여전히 고향이 그립다. 고향인 진천에서 이곳 청주로 이사 온 것이 중학교 때니 타처에서 살아온 세월이 훨씬 길지만, 누군가 '고향이 어디냐?'고 물을 때면 주저 없이 '진천'이라고 대답해왔다.

　왜 그랬을까? 가끔 내가 진천 사람이라고 고집하는 이유에 대하여 생각해 보았다. 그런데 그 대답은 명확하게 '이것이다'라고 딱 집어서 말할 수는 없었다. 아마도 유년 시절, 나를 길러준 고향의 땅과 하늘, 바람과 나무와 같은 자연환경에 대한 그리움 같은 것이 마음속 깊이 남아있기 때문이지 않을까? 그리고 어쩌면 날 길러준 가족과 이웃이 함께 살았던 곳에 대한 그리움 때문이기도 하겠다. 그런 여러 가지 이유로 나는 여전히 '진천 사람'으로 살고 있다.

타처에서 '진천'이라고 쓰인 글씨만 보아도 나는 가슴이 두근거린다. 더구나 고향 사람을 만나면 무척 반갑다. 진천 사람을 만나면 친인척을 만난 듯 기분이 좋아지고 괜스레 정이 간다. 더구나 어린 시절 진천의 자연을 추억 속에 함께 공유한 사람을 만나면 더욱 그렇다. 쉽게 친해진다. 친구와 뛰어놀던 골목길이며, 나를 유혹했던 과자 가게 이름을 아는 사람을 만나면 갑자기 친구가 하나 더 생긴 기분이 들기도 한다. 그리고 진천에 관한 이야기를 나눌 때면 기분이 좋아지고 괜스레 위해 주고 싶은 마음이 슬그머니 고개를 든다. 그래서 동향 사람이 좋고, 고향이 좋다.

고향을 떠올리면 가슴이 설렌다. 1년에 몇 번 청주에서 간선도로를 따라 오창읍을 지나 진천군의 경계를 지나면 괜스레 마음이 편해진다. 문백을 지나고 사석의 봉화산 곁을 지나칠 때면 내가 자랐던 고향 땅에 이제 접어들었다는 반가움이 마음속 깊은 데서 뭉실뭉실 올라온다.

어린 시절 나는 읍내에 있는 삼수국민학교에 다녔다. 지금은 초등학교로 이름이 바뀌었지만, 우리 동기생 중에는 졸업한 이름 그대로 삼수국민학교로 부르기를 좋아하는 친구도 꽤 있는 것 같다. 그 시절 우리는 때 묻지 않은 동심으로 마냥 즐겁게 뛰놀았다. 학교 일과 시간 중에는 중간 놀이 시간이 있었는데, 그 시간에는 전교생이 교실에서 나와 운동장의 오래된 느티나무 주변에서 맨손 체조를 하였다. 삼수국민학교에는 운동장이 두 개 있다. 친구들은 느티나무가 있는 운동장을 아래 운동장이라고 불렀고, 계단을 따라 올라가야 하는 운동장을 위 운동장이라고 불렀다. 아래 운동장보다는 위 운동장이 훨씬 크고 넓었다. 그리고 그 위 운동장의 가장자리로 언덕이 비스듬하게 둘러싸서 서쪽으로는 동산을 이루고 있었다. 그 시절엔 운동장이 그렇게 넓고 클 수가 없이 느껴졌다.

초등학교 2학년 때인가 싶다. 나는 그 넓은 운동장에 한가운데 서서 동산을 쳐다보았다. 그때였다. 하늘이 바로 동산과 맞닿아 보였던 것이다. 순간 어린 나는 동산에 오르면 하늘을 손바닥으로 어루만질 수 있으리라는 생각이 들었다. 그런 생각이 들자 언덕을 향해 달렸다. 엎어질 듯 뛰어, 언덕에 올라 하늘을 보았다. 그런데 운동장에서 볼 때는 언덕과 맞닿아 있던 하늘이 까마득히 높게 떠 있었다. 손을 들어 올려 보았지만 내 짧은 팔은 하늘과는 너무 거리가 멀었다. 그 뒤로 하늘은 나에게 동경의 대상이 되었다. 하늘을 보며 막연했지만 꿈을 향해 조금씩 성장해 갈 수 있었다. 초등학교 시절의 운동장과 하늘은 그렇게 나의 친구이며 스승이 되었다.

나는 고향을 사랑한다. 그리고 고향의 친구들을 좋아한다. 그런데 그중에서도 고향을 지키며 살아온 친구들이 더 좋다. 중학생 어린 시절에 고향을 떠나왔기에 고향을 지키며 살아온 그 친구들에게 고마움이 마음의 빚으로 남아 있다. 고향을 지키며 농사를 짓고, 고향을 찾아온 분들의 구두를 수선하면서, 평생 고향을 지키며 살아온 친구들의 삶을 존경한다. 가족을 위해서, 자기 삶을 희생하면서 살았던 그 친구의 삶은 충효의 고장 진천의 정신을 온몸으로 구현하였다는 생각이 몇 번이나 다시 든다.

얼마 전 다시 삼수초등학교 운동장에 섰다. 그런데 어린 시절 넓기만 했던 그 운동장이 지금은 좁게 느껴졌다. 올라가서 소리 지르며 장난치고 놀던 그 느티나무도 이젠 고목이 되어 힘겹게 서 있었다. 우리를 정성껏 가르쳐 주셔서 힘들었던 삶의 지표로 마음속에 계시는 담임 선생님도 이제는 먼 그리움으로만 남아있다. 그래도 나는 구석구석 추억이 묻혀 있는 고향이 좋다.

지금은 고향의 모습도 나의 어린 시절과는 너무도 많이 달라졌다. 논과 밭이 이어지던, 한적한 농촌이기만 하던 그곳은 이제는 우리나라 산업의 중심지로 변모하였다. 이제 내 고향은 산업단지에 모여든 많은 사람이 함께 살아가면서 가꾸고 보존해야 하는 고장이 되었다. 그 사람 중에는 여러 나라 국적의 외국인도 있다.

아름다운 자연을 간직한 내 고향이 자연 그대로의 모습을 가능한 한 유지하면서, 더욱 발전하는 고장이 되길 간절히 바란다. 그래서 많은 사람에게 아름답고 인정미 넘치는 고장으로 기억되었으면 한다.

장날

　오래전 나는 직장 관계로 청주에서 진천으로 통근한 적이 있었다. 교통수단으로 승용차를 이용하기도 했지만, 마음 편하기는 시내버스가 좋았다. 시내버스는 가다 서기를 반복하느라 느리고 지루한 감이 있긴 하지만, 창밖으로 펼쳐지는 아름다운 풍광은 그런 지루한 느낌을 지워버리기에 충분했다. 계절이 바뀌면 하루하루 다르게 펼쳐지는 수목의 변화에 눈의 호사를 마음껏 누릴 수도 있었다. 더구나 진천은 내가 태어나고 초등학교 시절을 보낸 곳이라 창밖으로 보이는 풍경은 늘 정겨웠다.

　시내버스를 타고 내리는 다양한 손님 중에는 장날이면

어김없이 버스를 기다리는 사람들이 있었다. 종이 상자나 포대 등에 장터에서 팔 물건을 싣고 타는 분들이었다. 농촌에서 힘든 일을 하며 살고 있을 게 틀림없어 뵈는 분들이 실어 올리는 것 중에는 집에서 기르는 푸성귀를 비롯하여, 고양이나 강아지 같은 몸집 작은 가축 등이 있었다. 소박하지만 생활에 꼭 필요한 것들이 많았다. 혹시나 다른 손님들이 불편해하실까 봐 미안한 기색이 역력했지만, 그분들은 삶에 대한 강한 의지가 엿보이는 이 땅의 아버지요, 어머니들이었다. 일단 물건을 올려놓은 뒤에 몇몇 분은 고단함 때문인지 버스에 몸을 맡긴 채 단잠에 빠져들곤 하였다. 고단한 삶이지만 편안한 마음, 그것은 시내버스를 타는 대부분 사람의 공통분모였는지도 모르겠다. 그분들의 따뜻한 마음이 나의 시심(詩心)을 자극했던 것일까?

> 할머니 코를 고신다
> 시내버스 차창에 기대어
> 안방에서 주무시듯 입도 벌리셨다
> 곁에는 공기구멍 뚫린 종이상자
> 구멍 속으로 강아지 코가 보인다

정거장마다 버스는 쉬고

장으로 향하는 사람들로 만원이 되어도

할머니 여전히 코를 고신다

둘러선 여학생, 아가씨

논일하다 올라온 아주머니

그런 시절 다 보내신

할머니는 꿈속에서도

강아지를 안아 어르는 시늉하시고

버스는 오창 지나 문백 지나 사석 고개로

숨이 턱에 닿게 강아지처럼 헐떡거리고

진천 장날 하루해도 점점 하늘로 오르고

　　　― 「장날 3」 전문. 『뒤로 걷기』 2011 예술의숲

　　그렇게 도착하여 열리는 장터는 흥겹고 신명에 차 있
었다. 인근 지역뿐 아니라 전국에서 모여든 상인들이 전
을 펼치며 손님들을 기다렸다. 장터 한옆으로 꽃전이 펼
쳐지면 송이송이 어여쁜 화분들이 장터를 치장하고, 온
갖 곡식을 파는 싸전엔 주부들의 눈길이 쏠렸다. 새 주
인을 기다리며 종이 상자 안에서 고물거리는 강아지도

보이고 새끼 고양이의 호기심에 가득 찬 동그란 눈망울도 보였다. 오일장을 기다렸다가 장터를 다시 찾은 아낙네들이 뒤섞인 장터는 흥성거리고 삶의 에너지로 충만했다. 흥정이 있고 에누리가 있기에 삶이 더욱 싱싱해지는 곳이 바로 장터인가 보다. 장날을 기다려 순대국밥 한 그릇 먹는 것 또한 장터를 다시 찾게 하는 맛이고 멋이기도 하다. 힘든 삶이기에 잠시 틈을 내어 받아 든 뜨거운 국물은 삶의 용기를 북돋워 주기에 충분한 것이었다. 장터를 찾는 사람 중에는 딱히 무엇을 산다거나 팔기 위해서라기보다도 흥청거리는 장터의 숨결을 느끼고 싶어 찾는 분들도 있다.

간다 장터에
돈 없어도 간다 그냥
사람 만나러 간다
장날이면 모이는
어디서 본 것 같은
자세히 물으면 알 듯도 한
사람들 틈에 끼어
땀내 흙내 뒤섞여 엉키다 보면

바구니 가득한 햇살
간다 오일이면
사람들 만나보러 그냥
장터에 간다

– 「장날 1」 전문. 『뒤로 걷기』 2011 예술의숲

　사람들이 모여 서로의 숨결에 의지하여 삶을 영위하는 곳이 바로 장터인 것 같다. 그래서 일이 없어도 찾고 싶어지는 곳이기도 하다. 흥정이 있고 정도 살아 숨 쉬는 곳 이곳이 아직 우리 곁에 남아 있는 장날이다.

　요즘 오일장이나 도심의 시장 활성화에 관심이 많은 것 같다. 시장에 기대어 생업을 영위하는 많은 영세 상인들의 삶은 바로 우리네 서민들의 삶과 바로 직결되기 때문이리라. 재래시장을 활성화하려는 여러 가지 제도가 도입되고 있다. 서민들의 더욱 나은 삶을 위해서 반갑고 좋은 일이다. 모쪼록 장터가 더욱 활성화되어 우리들의 삶이 신명에 찬 날들이 되었으면 하는 바람 간절하다.

구두병원

  진천에 있는 학교에 근무할 때였다. 그때 나는 청주와 진천을 오가는 시내버스를 이용하여 출퇴근 하였다. 업무를 마치고 퇴근 하려면 읍사무소 근처에 있는 정류장까지 걸어야 했다. 그런데 길 중간에는 직접 들르거나, 잠시 바라보고라도 가는 곳이 있었다. 바로 초등학교 동기생 광수가 운영하는 구두 수선소였다. 읍사무소 앞 정류장까지 가는 길은 여러 가지였다. 그날은 수선소가 위치한 곳에서 길 건너 쪽으로 걷게 되었다. 걸음을 잠시 멈추고 길 건너에서 수선소를 바라보고 있을 때였다.

  마침 광수는 구두를 닦고 있었다. 친구의 이름을 부르

려다가 순간 멈칫하였다. 구두를 닦는 모습이 너무도 진지해 보였다. 구두를 코 밑까지 바싹 당겨서는 매만지고 문지르고를 반복하고 있었다. 구두에 대한 애정 가득한 그 모습은 마치 애견인이 반려견을 품에 안고 어루만지는 듯한 모습과도 닮아 있었다. 광수는 내가 길 건너에서 자기를 바라보고 있는지도 모르고는 계속해서 구두를 어루만지고 있었다. 마침내 길 건너까지 반짝이는 광택이 느껴질 때까지 광수의 손놀림은 멈추지를 않았다. 손님이 맡긴 구두는 최선을 다해 깨끗하고 예쁘게 손질 하려는 모습에서 마치 구도자의 길 같은 것이 느껴졌다. 그것은 사랑이었다. 자신의 직업에 대한 긍지와 자부심이었다.

친구의 모습이 한동안 뇌리에서 떠나지 않았다. 그러면서 나도 '친구처럼 무엇엔가 애정을 기울이며 열중한 적이 있었나?' 하는 반성의 시간도 갖게 되었다. 며칠 동안 내 머릿속을 떠나지 않던 친구의 모습은 한 편의 시로 다가왔다.

사거리 한복판 작은 의자
어릴 적부터 구두를 닦아온

초등학교 동창생 광수가

구두를 고친다

세상 먼지 털어 내고

닳아빠진 밑창은 기어코

뜯어 치운다

바늘에 찔리고

칼에 찢겨도

피멍 든 손바닥으로

고르지 않은 이 땅

높은 곳은 끊어 버리고

터진 데는 메워가며

기우뚱거리는 거리에서

제대로 살아보라고

바르게 걸어가라고

바닥을 내려친다

타악탁 못질을 해댄다

– 「구두병원」 전문. 『뒤로 걷기』 2011. 예술의숲

광수는 육남매의 맏이였다. 어린 시절 아버지는 병환
으로 누워 계셨다. 자연스레 가정 살림은 빈곤했다. 광수

는 초등학교를 졸업하기도 전에 이미 가장의 역할을 해야만 했다. 동생과 어머니를 위해서 광수는 못 할 일이 없었다. 여름이면 아이스케이크 통을 메고 얼음과자를 팔러 다니기도 했고, 선배들을 따라다니며 구두 닦는 일을 배우기도 했다. 그렇게 시작한 구두 닦는 일이 직업이 되었다. 자연히 구두를 수선하는 일도 하게 되었다. 광수는 자기가 운영하는 구두 수선소를 구두병원이라고 간판을 붙였다. 병원에서 의사가 환자를 고치듯 자신도 구두를 완벽하게 고치는 일을 사명으로 알았다. 바늘에 찔리고 칼에 베일 때도 많았다. 그래도 광수는 아픈 것도 참아가며 매일같이 구두병원을 열지 않는 날이 없었다. 구두병원을 열지 않으면 동네 사람들이, 버스며 택시 기사를 하는 선후배들이 가만두지 않았다. 초등학교 동기생 중에는 학업을 위해서 또는 직장 문제 때문에 고향을 떠난 사람들도 많지만, 광수는 진천을 떠나지 않고 그렇게 고향을 지키며 살아왔다.

그런데 고향을 지키며 살아가는 광수에겐 광수를 지키는 사람이 있다. 바로 그의 아내이다. 아내는 광수의 구두병원 바로 옆에서 포장마차를 운영한다. 호떡을 구워 팔기도 하고 핫도그를 만들어 팔기도 한다. 그러나 아내의 중요한 목적은 다른 데 있었다. 바로 사랑하는 남편인 광수가 끼니를 거르지 않도록 하기 위해서였다. 시집온 지 몇십 년 동안 아내는 남편의 끼니는 거르게 한 적이 없다. 그렇게 곁을 지키고 있다.

또 한 사람, 살아생전 광수의 어머니도 광수를 끔찍이 여기며 살아오셨다. 중학교도 못 보내고 생활 전선에 내몰린 아들에게 어머니는 늘 미안해하셨다. 어머니의 사랑이 있었기에 광수는 비록 중학교를 진학 하지 못한 것이 한으로 남았지만, 집안을 지켜냈다는 자부심으로 살아왔다.

수선소 일이 끝나면 광수는 자율방범대원으로 읍내를 순찰하곤 했다. 비록 나이도 많고, 수선소 일로 몸도 피곤했지만, 진천 읍내는 눈을 감고도 샅샅이 찾아낼 만큼 잘 아는 터이고 바르게 살아가는 것이 평소 그의 지론이기 때문이다.

광수에 관한 사연은 오래전 TV 방송을 타기도 했다. 그러다가 요즘 다시 유튜브로 그 내용이 다시 전해지고 있다.

광수를 생각하면 지난 온 내 삶을 되돌아보게 된다.

봉사 활동 새내기

친구로부터 소리 파일 하나가 전송됐다. 파일을 여니 하모니카 연주 소리가 흘러나왔다. 많이 들어본 옛 노랫가락이었다. 오랜만에 하모니카 연주를 들으며 추억 속으로 빠져들 수 있었다. 친구는 그 하모니카 연주를 자신이 했다고 했다. 뜻밖이었다. 친구가 평소 색소폰을 연습한다는 말은 듣긴 했지만, 하모니카 연주를 듣기는 처음이었다. 음악을 잘 모르는 내가 듣기에도 그 연주는 수준급이었다. '그 정도 수준에 이르기까지는 꽤 오랫동안 공들여 연습했겠구나' 하는 생각이 들었다. 연주한 친구를 어려서부터 잘 아시는 나의 어머니께 그 하모니카 연주를 들려드렸다. 아흔이 넘으신 어머니도 매우 흡족해하시며 두고두고 칭찬하셨다.

시간이 좀 흘러서 그 친구를 만났다. 요즘에는 하모니카 연주를 하러 다닌다고 했다. 하모니카 연주 봉사 활동인 셈이었다. 의료원이나 양로원 등을 다니며 동호인들과 함께 연주한다고 했다. 연주를 들으신 환자나 어르신들이 마냥 즐거워하는 모습을 보면서 더욱 흥이 나서 열심히 연주한다고 했다. 한번은 시낭송회에 초청되어 연주했다고도 했다. 연주를 들은 사람들이 즐거워하는 모습을 보면 보람을 느낀다고도 했다. 그리고 얼마 뒤, 유튜브에서 친구의 하모니카 연주를 듣게 되었다. 친구는 그렇게 퇴임 이후의 삶을 알차고 보람 있게 그리고 즐겁게 보내고 있었다. 친구의 하모니카 연주를 들으며 나도 '그렇게 살았으면 좋겠다'라는 생각이 들었다.

얼마 전엔 집안 모임에서 친척 형님의 말씀을 들었다. 형님께서는 일흔 중반의 연세이신데 아직도 봉사 활동을 한다고 하셨다. 그리고 노인들을 위한 급식 봉사 활동을 포함한 봉사 활동 시간이 거의 1,000시간에 달한다고 하셨다. 그러고 보니 우리 주변엔 자신의 재능을 발휘하여 봉사 활동에 의미를 두고 사시는 분들이 꽤 많은 것 같다. 형님의 말씀을 들으며 나는 좀 부끄러워졌다. 이제까지 변변한 봉사 활동을 해보지 못했기 때문이다. '자신이나 가족을 위한 것이 아닌 남을 위한 순수한 봉사가 많이 힘들 거라는 생각도 들었다. 하기는 그렇기에 봉사 활동이 더욱더 보람 있는 일일 것이라는 생각도 들었다. 형님은 봉사 활동을 하고 나면 그렇게 행복할 수가 없다고 하셨다. '기쁜 마음으로 남을 도울 수 있다면 그건 분명 행복한 삶일 것이다.'라는 생각도 들었다.

친구의 하모니카 연주와 형님의 봉사 활동에 관한 말씀을 들으며 나는 봉사 활동에 조금씩 마음속으로 다가갔다. 하지만 무엇으로 어떻게 봉사 활동을 할 것인가 하는 것은 그저 막연하기만 했다. 나에겐 특별한 재능이나 기술도 없고 체력 또한 약하기 짝이 없기 때문이었다. 그러다가 우연한 기회에 지인의 권유로 외국인을 위한 한국어 교육에 참여하기 시작했다. 마침 몇 년 전에 외국인을 위한 한국어교원 자격증도 이미 받아놓은 터였다. 내가 하는 교육활동 그것도 봉사 활동이라고 할 수 있을지는 잘 모르겠다. 교육 봉사하는 기관은 시내버스로 환

승하고서도 다시 갈아타고 가야 하는 조금 먼 곳이었다. 그리고 한국어를 공부하기 위해 모이는 외국인도 몇 되지 않았다. 그래도 나는 기꺼운 마음으로 한국어에 대해 열심히 가르쳤다. 가족이나 음식 등 일상생활과 관련된 단어도 가르치고 발음도 반복해서 교정해 주었다. 이제 나도 봉사 활동 새내기 겨우 대열에 참여했다는 생각에 내심 자랑스럽기까지 했다.

세상에는 겉으로 크게 드러나지 않지만 나 아닌 다른 사람을 위해 사는 사람들이 꽤 많다. 친구처럼 음악으로 봉사하는 사람도 있고, 노동으로 봉사하는 분도 있다. 그리고 금전으로 돕는 분들도 많이 계시다. 한 가지 공통된 점은 그분들 모두가 기쁜 마음으로 봉사하고 있다는 것이다.

이제 가을이다. 하늘도 봉사하는 분들의 마음처럼 참 청명하다.

한국어 원어민

몇 년 전 한국어 교사가 되기 위한 공부를 할 때였다. 가까운 친구들은 나보고 '그 나이에 아직도 한국어를 배우느냐'고 농담했다. 그렇다. 나는 예나 지금이나 한국어를 배운다. 한국어도 배우고 한국어에 대해 가르치는 법도 배운다. 내가 한국어에 대해 가르치는 법을 배운다고 하니까 친구들은 또 웃으며 물었다. 반평생을 학생들에게 국어를 가르친 사람이 아직도 가르치는 법 하나 제대로 터득하지 못 했느냐고 슬그머니 놀리기도 하였다.

그렇다. 나는 사십 년 가까이 긴 세월 동안 국어를 가르쳐 왔다. 그런데도 아직 한국어에 대해 잘 가르치는 것에 자신이 없다. 자신이 없다기보다 잘 모르겠다는 표현이 바를 듯싶다. 사실 그때 나는 '외국인을 위한 한국어 교원 자격증'에 도전 중이었다. 처음 공부할 때는 '한국어'와 '국어'를 구분하는 일이 낯설게 느껴졌다. 그러다가 '한국어'라는 용어가 '국어'와 구분하여 쓰인다는 것을 늦게야 깨달았다. '국어'는 한국어를 모국어로 하는 사람들이 쓰는 우리말이다. 그에 비해 '한국어'는 외국인이나 한국어를 제2 언어로 공부하는 사람들이 쓰는 용어로 구분된다. 나는 한국어를 공부하는 동안 국어 교사로서의 경력이 한국어를 교육하는 데도 매우 유용하거나 거의 그대로 통용될 수 있지 않을까 기대도 하였다. 그런데 기대와는 좀 달랐다. '국어'와 '한국어'는 비슷하지만, 학문의 틀이 조금 달랐다. 가르치는 방법 역시 내국인 학생들, 특히 국어에 상당한 정도의 배경지식이 있는 중고생들을 대상으로 하는 국어 수업과 한국어를 전혀 모르는 외국인, 더군다나 자국어로 이미 언어중추가 상당히 굳어진 성인인 외국인 학습자를 대상으로 하는 한국어 수업은 상당히 다른 분야라는 것을 알았다. 그리고 적잖이 당황하였다.

나와 같이 한국어를 공부하는 분 중에는 20대 젊은이들도 있었고, 뒤늦게 공부하는 분들도 있었다. 한국어를 공부하며 왜 이 분야에 이렇게 늦게야 관심을 두게 되었나 내심 후회도 되었다. 그러면서도 우리 젊은이들이 한국어에 관심을 가지고 한국어에 대해 가르치는 법을 열심히 배우려고 하는 모습에 고마움까지 느끼기도 하였다. '이런 젊은이들이 있기에 우리나라의 장래가 밝구나' 하는 생각도 들었다. 한편 '우리 대한민국의 위상이 이렇게 높아졌나' 하고 놀라기도 하였다.

그때 나는 고등학교에 부설된 방송통신고등학교에도 겸직 근무를 하고 있었는데 내가 근무하던 학교에도 외국인 학생이 입학 하였다. 한국어로 그들을 교육해야 하는 상황에 도달하게 된 것이다. 한국어를 공부해야 하는 때를 더 이상 늦출 수 없는 명분도 생긴 셈이었다. 물론 이와 같은 상황은 초등학교나 중학교에서는 이미 오래 전에 벌어진 일이고 또 상당수의 선생님은 이미 그런 분들을 위한 교육에 상당히 익숙해 있으리라고 생각되었다. 문제는 한국어를 배우려는 외국인이나 한국인이라도 외국에 오랫동안 거주하였던 재외동포에게 더욱 정확한 한국어를 익히게 해야 할 의무가 우리에게 있다는 것이었다. 그러기 위해서 우리 스스로 국어에 더욱 많은 관심을 가지고 바른 국어 쓰기에 앞장서야 하지 않을까 싶었다.

그러면서 나는 또한 한국어를 국어로 하는 우리가 자신의 국어 생활을 반성해 볼 점은 없는지 생각해 보게 되었다. 한국어를 국어로 하는 한국인의 국어 생활은, 한국어를 공부하는 분들의 입장에서는, 한국어를 모국어로 하는 우리가 바로 한국어 원어민일 것이다. 바로 그 점이 우리가 바른 국어 생활을 해야 하는 이유이기도 하다.

우리나라의 위상이 국제적으로 높아지고 한국어에 대한 관심도 높아져서 한국어를 배우려는 사람들이 늘고 있는 지금, 한국어를 모국어로 하는 우리의 국어 생활을 다시 반성해 보고, 많은 외국인이 부러워하는 대한민국 국민으로서 바르고 고운 우리말을 아끼고 사랑해야 할 때라고 생각했다.

청주 사람

대한민국 수도 서울 보다
청주를 먼저 알았다는
터키 여자 감제 씨

인터넷으로 만난 신랑
청주 자랑에
청주, 청주
따라서 말 흉내 내다가
그만 청주댁이 되었다는 그녀

보리밥에 고추장
향 짙은 참기름 한 방울
청국장 곁들여 비비다 보면
터키 전통 요리 케밥 생각도 멀어지더라고

상당산성 안 마을에서
막걸릿잔 기울이는
남편 입에 젓가락으로 빈대떡을 넣어주며
맛있지유
그려유 안 그려유
능청스레 청주 사투리를 흉내 내는 그녀가 하던 말

서울 사는 남편 친척들 감제 씨를 청주댁이라 부른
다며
나두
청주 사람유

– 「청주댁 감제 데미르 씨」 전문. 『꽃에게 전화를 걸
　다』 2021 시산맥

터키 여자 감제 씨. 그녀는 몇 년 전까지만 해도 대한
민국 사람이 아니었다. 충청도 사람도 아니었고, 청주 사
람은 더더욱 아니었다. 영어 공부를 하다가 인터넷으로
한국 남자를 만난 것이 한국과의 첫 인연이었다. 그녀는
그렇게 남편을 만나서 남편 말고는 아무도 아는 사람 없
는 이곳 청주에 머물게 된 것이었다. 같은 언어를 쓰면
형제지간이라고 했던가? 그녀는 이곳 청주에서 청주 사
람인 남편의 나라 국어인 한국어를 배우게 되었다.

나와 감제 씨와의 인연은 한국어 때문이었다. 나는 대
전에서 외국인을 위한 한국어 봉사 활동을 한 적이 있다.
그러다가 생활근거지인 청주에서도 한국어 지도 봉사 활
동을 하게 되었는데, 공교롭게도 봉사 활동을 시작한 지
얼마 되지 않아 코로나19가 막 번지기 시작하였다. 결국
감제 씨와 대면 수업을 할 수 없게 되었다. 그러나 감제
씨의 한국어에 대한 학구열은 정말 대단한 것이어서 나
는 어떤 방법으로든지 그녀를 돕고 싶었다. 궁여지책 끝
에 휴대전화를 이용한 비대면 수업을 하게 되었다.

감제 씨는 한국어 수업에 참 열심히 참여하였다. 미리
예습도 해오고 복습도 했다. 무엇보다 그녀는 솔직했다.

모르면 모른다고 분명히 말했기에, 나는 그녀가 모르는 부분을 중심으로 열심히 가르칠 수 있었다. 교재를 선정하고 나 역시 그녀를 가르치기 위해 열심히 수업 준비를 하고 화상 수업을 전개해 나갔다. 화상으로 만나서 대화하는 일대일 수업이었다. 코로나19의 확산으로 나도 그렇고 그녀 역시 외출이 지극히 제한적이었는데, 오히려 그것이 그녀가 화상수업을 더욱 적극적으로 할 수 있는 계기로 작용했다. 그렇게 화상 인터넷 수업을 한 것이 햇수로 벌써 3년이 되어간다. 그동안 감제 씨는 오갈 데가 별로 없는 대한민국 충청북도 청주에서 한국어를 부지런히 익히고 또 익혔다. 요즘 감제 씨는 한국어가 꽤 늘었다. 한국어능력시험에도 응시해 작년에는 2급 시험에 당당하게 합격하기도 하였다. 물론 아직도 모자라는 점이 있긴 하지만 그녀는 열심이다. 그녀는 청주의 문화나 역사에 대하여도 많은 관심을 보였다. 청주에 있는 산 이름을 외우고, 공원 이름을 외웠다. 육거리 시장에도 가보고 문화센터에도 나가면서 한국과 충청도의 문화를 익혀 나갔다. 한국 사람과 만나서 대화할 때 잘 이해하지 못했던 부분이 있으면 질문하기도 하였다. 때로는 청주 사투리로 나를 놀라게도 했다.

　나는 청주 사람과 관련된 시로, 감제 씨에 관한 시 쓰기를 참 잘했다고 생각했다. 한국어를 사랑하고 청주 사투리를 사랑하는 사람, 그리고 청주에 대하여 하나하나 알아가면서 많은 애정을 쏟는 사람 역시 진정한 청주 사람이 아닐까 싶다. 청주의 역사와 문화, 그리고 동네마다 품고 있는 역사에 대하여도 관심을 가지고 애정을 느끼는 사람이 진정 청주를 사랑하는 사람이 아닐까 싶다. 우리 주변엔 제2, 제3의 감제 씨가 많음도 또한 사실이다. 우리가 한국어 원어민으로서 더욱 정확하고 바른 한국어를 구사하는 것도 그들에게 한국어를 배우는 데 큰 도움이 되지 않을까 싶다.

한글 교실

　　얼마 전부터 한글 교실의 강사로 자원봉사를 하게 되었다. 잘 가르칠 수 있을까 하는 걱정 때문에 망설이기도 했지만, 교단에서 국어를 가르쳐왔기에 용기를 내어 학습자들 앞에 서기로 했다. 첫 수업이 있던 날, 시작 시각보다 30분 정도 일찍 교실에 도착했다. 좀 일찍 도착해서 학습자들을 기다리는 것이 좋겠다는 생각에서였다. 그런데 예상은 빗나갔다. 학습자들은 나보다 훨씬 먼저 교실에서 기다리고 있었다. 어떤 분은 1시간 전부터 공부할 내용을 예습하고 있었다고도 했다. 배우고자 하는 그분들의 열정에 기쁘고 반가운 마음으로 앞에 설 수 있었다.

학습자들은 예상대로 연세가 많으신 어르신들이 대부분이었다. 머리가 허옇게 세신 연로한 모습의 학습자들. 그런데도 그분들의 눈은 초등학교 1학년 어린 학생들의 눈처럼 초롱초롱했다. 그분들은 그런 눈으로 선생님인 나를 바라보고 계셨다. 오랫동안 교단에 서긴 했지만, 이 같은 상황은 처음 겪는지라 내심 당황스럽기도 했다. 곧바로 평정심을 찾아 학습자들이 필요한 것이 무엇인지 탐색에 들어갔다. 학습자 중에는 아직 한글의 기본 자음과 모음을 다 익히지 못하신 분도 계셨고, 어느 정도 읽을 수는 있어도 맞춤법이 많이 틀리거나 의미에 맞지 않는 문장을 쓰시는 분들도 있었다.

쉬는 시간에 어느 연세 드신 어르신이 말씀 하셨다. '손주들이 동화책을 읽어달라고 할 때가 제일 힘들고 고통스러웠다'라고. 그래서 그 어르신의 목표는 동화책을 읽는 것이었다. 또 다른 학습자는 일기를 쓰고 싶다고 하셨다. 한 번도 마음속에 품은 생각을 명확히 표현해 본 적이 없기에 생각을 글로 옮기고 싶다고 하셨다.

한글 교실을 찾아오신 분 중에 최무숙(가명)이란 분이 계셨다. 그런데 그 할머니의 호적상 이름은 '무식'이

었다. 할머니는 자신의 이름을 말하면서도 부끄러워하시
면서 그 과정을 설명하셨다.

왜 내 이름이 무식이냐고요
면서기가 내 이름 한 글자를
잘못 올린 거라고요
모르는 사람들에게 이름 말하기도 부끄럽고
일일이 설명하자니 더 창피했는데도
일흔이 넘어서까지 고치질 못했다고요
사실을 이름 세 글자도 읽을 줄 쓸 줄 몰랐으니
까요
정말로 최고로 무식해서요

– 「내 이름은 최무숙」 부분. 『꽃에게 전화를 걸다』 2022 시산맥

나는 최무숙 할머니를 포함하여, 한 분 한 분 수준에
맞는 수업을 전개해 나가야겠다고 마음먹고, 우선 학습
자에게 우리말 자음과 모음의 필순부터 교정해 나가기로
했다. '기역, 니은, 디귿, 리을…' 자음과 모음 한 글자 한
글자를 칠판에 써가며 학습자들의 모습을 바라보았다.

연세도 잊은 채 학습에 몰두하는 모습이 실로 존경스러웠다. 어느 수업 시간의 학습자가 이보다 열정적일 수 있을까 싶었다.

학습자 한 분 한 분의 목표가 바로 가르치는 사람의 목표가 되기도 한다고 생각하기에 이르렀다. '일기와 편지를 쓸 수 있게 하고, 손주들에게 동화책을 읽어줄 수 있는 정겨운 어르신이 되시게 해보자' 그런 생각으로 수업을 전개해 나갔다. 수업하는 동안 내내 행복 했다.

다음 수업 시간이었다. 학습자들은 '과제를 해왔노라'고 자랑스럽게 공책을 펼치셨다. 오가는 길에 보이는 가게 이름을 5가지 정도 써오시라는 과제였다. 대부분 학습자는 가게의 간판을 보며 열심히 써오셨다. 물론 잘못 보시고 틀리게 써오신 분도 계셨지만, 그렇게 틀린 부분을 교정해 가는 것 역시 수업의 중요한 부분이기에 학습자들과 하나하나 대화를 나누며 교정하는 일을 하였다. 그런데 학습자 중 몇 분이 일기처럼 문장을 꾸며 오신거였다. '병원에 갔었다,' 또는 '아들이 와서 미역국을 끓여 주었다.' 등의 짧은 문장이었다. 물론 그 짧은 문장에도 잘못된 부분이 여러 군데 발견되었지만, 학습자들은 본인의 생각을 글로 옮기려고 시도하고 계셨다. 그렇게 시간이 한참 흘렀다.

얼마 전부터 최무숙 할머니는 자신의 이름을 자신 있게 또박또박 잘 쓰신다. 글씨가 참 예뻤다. 물론 다른 단어는 겨우 읽기는 하시지만 여전히 읽고 쓰는 데 열심이시다.

　　할머니가 아야어여를 따라서 읽습니다 받아서 적습니다
　글자가 검은 점들로만 되어 있어서
　세상이 온통 어두운 줄로만 알았다던 할머니
　글자마다 있는 그 검은 점이 바로 태양이었다는 걸
　사람과 태양이 땅과 하늘이 만나야 글자도 되고
　글자마다 밝은 빛이 비치듯
　세상만사가 온통 어두운 게 아니라는 걸
　무릎을 치며 깨닫고서는
　춤추듯 신명이 납니다

　이름자를 또박또박 제대로 씁니다
　춤출 무에 맑을 숙

내 이름은 최무숙

- 「내 이름은 최무숙」 부분. 『꽃에게 전화를 걸다』 2022 시산맥

언제쯤일지는 모르겠지만 한글 교실을 찾아든 어르신 학습자들이 일기도 자유롭게 쓰시고, 편지도 쓰시고, 신문도 줄줄 읽으실 날이 꼭 오리라 굳게 믿는다. 다른 사람이 쓴 글도 읽을 줄 알고, 자기 생각을 자유롭게 쓸 날이 반드시 올 것이다.

그토록 원했던 일기도 쓰고, 편지도 쓰고.

청주 읍성 서문터

얼마 전 청주 서문 오거리 주변을 걷다가 표지석 하나를 보았다. '청주 읍성 서문터'라는 표지석이었다. 표지석에는 '이 자리에 옛 청주 읍성의 서문이 있었는데, 임진왜란 때 의병들이 왜적에게 빼앗겼던 청주 읍성을 되찾기 위해 이 서문을 뚫고 진격하여 성을 되찾았다는 내용'이 씌어 있었다. 그 전쟁은, 임진왜란 당시 최초로 육지전에서의 승전이라는 것이었다. 표지석을 읽으며 주먹을 움켜쥐었다. 당시 최신 무기인 조총으로 무장하고, 철저한 훈련을 거쳤을 정규군인 왜군을 상대하여 무기를 포함한 대부분 장비도 매우 열세했을 의병들이 적들과 벌였을 전투 장면이 눈앞에 그려졌다. 수없이 많은 사람이 적의 총탄에 흩날리는 꽃잎처럼 숨져 갔으리라. 그들이 목숨 걸고 싸울 수밖에 없었던 것은 나라를 구하겠다는 일념 때문이었으리라. 어쩌면 성안에 갇혀 있을 피붙이 때문일지도 모른다. 왜적에게 온갖 능욕을 당하고 있을 누이와 아내와 어린 자식을 구하기 위해 활을 들고, 그마저 없으면 농기구라도 들고 총과 대포를 향해 전진하지 않았을까 싶었다. 그랬구나. 우리 조상들이 이 땅을 지켜내기 위해 바로 이곳에서 피를 흘리며 목숨을 바치셨구나 싶었다.

청주 읍성 서문터
이 문을 통해 의병은 진격했다
표지석의 글자가 튀어 올라 성벽에 박힌다
그날 바로 오늘
깨질 듯 찢어질 듯
내 안 바닥에 가라앉았던
울컥울컥 올라와 부르르 떨게 하는 울림
주먹을 쥔다
돌을 움킨다

가자 저 벽을 뚫고 가자

우리를 부르는 소리

묶인 채 떨고 있는 딸아기의 신음소리

머리 위로 쏟아져 내리는 조총탄

펄펄 끓는 심장을 꺼내어

능욕으로부터 구해내고야 말

마침내 처음 성루에 걸릴 우리의 깃발

다시 찾을 맑은 고을 내 땅 청주여

— (하략)

— 「성벽 위에 깃발 꽂고」 부분.

성안과 밖에는 수많은 주검이 나뒹굴었을 것이다. 통곡과 아우성치는 소리, 매캐한 연기가 자욱했으리라. 그래도 의병들은 끝내 성을 되찾고, 성루에 우리의 깃발을 꽂고 만세를 불렀으리라. 우리의 용감한 의병들은 그렇게 성을 되찾았다. 그러나 전쟁이 끝나지는 않았다.

임란과 호란을 겪은 뒤 1651년, 당시 조정에서는 해미에 있던 충청도 병마 절도 영을 청주로 옮겨 군사 업무를 주관하기에 이르렀다. 1710년 숙종 임금 대에 이르러는 의병장 조헌 장군을 기리는 조헌 장군 기적비가 서문 밖에 서기도 하였다. 이후 우리는 1910년 근세에 이르러 나라를 송두리째 내주는 참화를 겪었다. 청주 읍성은 일제강점기인 1911년 일제에 의해 훼손되고 성 돌은 하수구 공사에 사용되었다고 전한다.

그리고 지금, 그들은 과거의 잘못을 반성하지 않은 채 여전히 지극히 오만한 태도로 이웃을 대한다. 어찌할 것인가?

  청주 읍성 서문터
  돌멩이를 움켜쥐고 던진다
  던질 때마다 튕겨내는 왜곡으로 둘러싸인 유리
성벽
  던지고 또 던진다
  반성을 모르는 오만을 건너
  헐떡이는 정의를 구하기 위해
  잘리고 또 잘리는 넝쿨이 될지언정
  피투성이 손목으로
  부러진 발목으로 기어오른다
  감추고 속이고 부끄러움을 모르는 파렴치로부터

기어코 되찾아야 할 자존심
마침내 지켜내야 할 내 강토

읍성 서문
표지석에 내리쬐는 붉은 햇볕

– 「성벽 위에 깃발 꽂고」 부분.

아직도 자신들의 잘못을 인정하지 않으면서, 온갖 억
지 주장을 강도 높게 펼치는 강대국이 바로 동해 건너에
있다.
우리는 과연 어찌할 것인가를 심각하게 고민 하고 대
처해야 할 것이다

연가

'비바람이 치던 바다 / 잔잔해져 오면 / 오늘 그대 오
시려나 / 저 바다 건너서' 어려서부터 많이 듣던 '연가'로
알려진 노래 가사의 일부이다. 비교적 빠른 박자로 불리
던 이 노래를 흥얼거리며 어린 시절을 보냈던 기억이 난
다. 그런데 이 노래가 우리나라의 노래가 아니라는 사실
을 안 건 어른이 되어서였다. 더구나 이 노래가 뉴질랜
드 원주민인 마오리족의 전설이 깃든 '포 카레카레아나'
라는 사실은 알지 못했다.

뉴질랜드의 북섬에는 자연경관이 아름답기로 아주 유
명한 로토루아라는 곳이 있다. 로토루아에는 '로토루아'

호수가 있고 그 호수 가운데에는 '모코이아'라는 섬이 있다. 그런데 육지 부족인 아리와 부족장의 딸 '히네모아'는, 모코이아 섬의 부족 휘스터의 아들 '투타네카이'의 피리 소리에 반해 짝사랑에 빠지게 되었는데, 이 연인들은 두 부족 간의 오랜 반목으로 자유롭게 만날 수 없었다. 그러던 어느 날 히네모아는 암흑으로 뒤덮인 호수를 헤엄쳐 연인 투타네카이를 만나게 된다. 목숨을 건 두 사람의 사랑은 마침내 두 부족을 화해시키고 사랑을 이루었다는 내용이다. 마치 로미오와 줄리엣과 같은 사랑 이야기.

뜻밖에도 이 노래를 우리에게 전해준 사람들은 6.25전쟁 때 유엔 참전국 중의 하나로 우리나라에 군대를 보낸 뉴질랜드의 군인이라는 사실이었다. 전쟁의 참화 속에서 군인들은 한국 어린이들에게 이 노래를 전해주고, 우리 아이들은 이 노래를 따라 부르곤 했다는 것이다. 50년대에 태어난 내가 이 노래에 익숙했던 것도 이 같은 배경 때문이 아닐까 싶다.

꽤 오래전 나는 뉴질랜드를 방문할 기회가 있었다. 북섬의 어느 공원인 것으로 기억한다. 공원을 거닐다가 커

다란 비석 하나를 발견하였다. 놀랍게도 비문이 한글로
기록되어 있었다. 그것은 바로 한국전쟁 참전 기념비였
다. 머나먼 이국땅인 한국에서 벌어진 처참한 전쟁에 참
전했던 뉴질랜드 군인들의 용감한 행적이 기념비에 한
글자 한 글자 또렷이 새겨져 있었다. 비행기로도 12시간
을 넘게 날아와야 하는 먼 나라의 한 외진 공원에서 한
글로 된 참전 기념비를 보다니. 순간 나는 벅찬 고마움
과 함께 시상이 날아와 가슴에 박혔다.

> 6.25에 참전했던 마오리 병사가
> 우리 아이들에게 노래를 가르쳤듯
> 우리도 아리랑을 가르쳐 볼까
> 언젠가 나도 고국의 어느 외진 산비탈
> 이교도의 문자로 참전 기념비를 세워야 하리
> 이제는 백인의 땅 마오리의 고향에 세운
> 한국어로 쓰인 참전 용사비처럼 -하략-

- 「참전 기념비」 일부. 『뒤로 걷기』 2011 예술의숲

실제로 육군과 해군 총 4,800명이 참전한 뉴질랜드 군
은 1951년 4월 23일부터 25일까지 중공군의 총공세에

맞서 가평 전투에서 혁혁한 전과를 올려 서울을 지켜내는 데 크게 기여했다고 전해진다.

녹음이 짙어지고 있다. 해마다 6월이면 호국보훈의 달로 나라를 위해 숨져간 이들을 기념하며 여러 가지 행사들이 진행된다. 6.25 전쟁뿐만 아니라 월남전을 비롯한 여러 전투에 나라를 위해 싸우다 희생되신 분들이 많다. 그들의 넋을 기리고 받들어야 함은 물론이다. 또한 먼 나라인 한국전에 참전했던 수많은 외국의 군인들에게도 그 고마움을 잊지 말아야겠다.

최근 러시아와 우크라이나와의 전쟁으로 세계의 이목이 쏠린 가운데 서민들의 삶도 점점 고단해지고 있다. 유가를 비롯하여 거의 모든 물가가 오르고 경제 사정은 더욱 어려워진다. 정치를 하는 분들의 고민도 매우 깊으리라 본다. 우리의 안보와 안정, 세계 평화와 경제 등등 다각도로 검토하고 고민 하고 있으리라 믿는다.

6.25전쟁이 있던 6월을 맞으며 깊은 고민에 잠긴다.

뉴질랜드에서 본 참전 기념비가 눈에 어른거린다.

글 앞에서 겸손해지는 이유

　글을 쓰면서 가끔 이런 의문이 생긴다. '독자가 있을
까?' 하는. 그러면서도 내가 쓴 글을 되도록 많은 독자가
읽어주길 내심 기대한다. 욕심으로는 많은 독자가 내 이
름을 기억하고 내가 쓴 글을 읽어주기를 바란다. 그런데
그것은 단지 욕심일 뿐이고 현실은 전혀 그렇지 못하다
는 것을 나는 잘 안다.

　그런데 아주 가끔은 신문에 실린 나의 시를 보고 전화
하는 친구가 있다. 어떤 때는 내가 쓴 칼럼을 보고 평을
해주는 분을 만날 때도 있고, 우연히 들른 시낭송회에서
낭송되고 있는 나의 시를 들을 때도 있었다. 한 번은 부

족한 나의 시 작품 중 하나를 대학교 서예과 졸업 작품으로 썼다며 도록(圖錄)을 보내주신 분도 계셨다. 졸업 작품으로 쓰기 위해 수없이 연습하며 내가 쓴 시를 읽고 또 읽었으리라. 그리고 또 한 분. 내가 진천의 한 일반계 고등학교에 근무할 때 구두수선소를 운영하는 초등학교 동기생 친구에게 시 한 편을 써 준 일이 있는데, 그 시를 수선소에 우연히 들렀다가 보고는, 그의 창작 시집에 권두시로 올린 시인도 있었다.

그럴 때 나는 전율한다. 내가 쓴 글을 읽어주는 분이 계시다는 생각이 들 때면 다시 글을 쓰면서 좀 더 겸손하고 진지한 태도로 자신을 가다듬는다. '누군가 읽어 주는 분이 있다.', '누군가 내 글을 읽으며 생각하시고 때에 따라서는 내 글의 잘잘못을 지적해 주시는 분이 있다' 그런 생각이 좀 더 나은 글을 쓰게 노력하도록 이끌어 준다.

나는 내가 쓴 글을 먼저 가족에게 보이는 경우가 많다. 딸에게 보여 줄 때도 있고 아내에게 보여줄 때도 있다. 그리고 가족들이 읽는 동안 조용히 기다린다. 어떤 반응을 보일까 궁금해 하면서… 가족들이 읽고 고개를 끄덕이면 비로소 조금 마음을 놓는다. 그런 다음 절친한 친구에게 보이는 경우가 많다. 친구 역시 고개를 끄덕이기를 기다린다. 조마조마한 마음으로. '표현의 잘못된 점은 없었나?' 하는 걱정과, '내용상 무리가 있는 것은 아닌가?' 하는 두려움 때문이었다. 친구에게 합격점을 받고 나서야 겨우 원고를 보낼 용기를 낸다.

나는 청주에서 발간하는 충청매일 신문에 '이종대 칼럼'을 10년 넘게 연재해 오고 있다. 신문에 내가 쓴 글이 나오는 날을 손가락을 헤아리며 기다리는 독자가 꼭 한 분 계셨다. 바로 나의 어머니셨다. 아흔을 넘기고 소천하신 내 어머니는 내가 쓴 글을 돌아가시던 해까지 꼬박꼬박 읽어주시는 애독자셨다. 어머니는 한 달에 한 번 내 글이 신문에 실려 나오는 금요일 아침을 학수고대하며 기다리셨다. 그리고 신문이 도착하면 바로 돋보기를 쓰시고, 몇 번을 거듭하여 읽고 또 읽으셨다.

나는 어머니의 진지한 표정 앞에 옷매무시를 가다듬을 수밖에 없었다.

중학교 2학년 시절 아버님이 불의에 세상을 뜨시고, 5남매를 홀로 키우시며 온갖 고난과 역경을 무릅쓰고 가족을 돌보아 오신 어머니는 내가 쓴 글을 보시고 흡족해하셨다. 어머니는 간혹 내 글의 내용에 대해 내게 질문을 던지실 때도 있고 나와 한참 동안 대화를 나누시는 경우도 있었다. '잘 썼다.'라고 칭찬해 주시는 때도 물론 있었다. 어머니는 내게 글을 계속 쓰게 하는 용기도 주시고 때로는 질책도 하셨다. 그래서 나는 글 앞에 겸손해질 수밖에 없었다. 내가 쓴 글을 진지하게 몇 번을 거듭 읽어 주시는 분이 계신다는 것만으로 나는 앞으로도 글을 계속 쓸 충분한 이유가 있는 셈이었다. 이제 내 곁엔 날 그토록 사랑하고 믿고 의지하시던 어머니는 계시지 않는다. 그래도 나는 글을 쓸 때면 어머니가 떠오른다. 살아계셔서 내 글을 읽고 또 읽으실 것만 같다.

나는 오늘도 글을 쓴다. 내가 쓴 글을 읽어 줄 독자를 생각한다.

그래서 나는 글 앞에 겸손해진다.

안고 업고 웃고

2022년 10월 26일 초판 인쇄
2022년 11월 02일 1쇄 발행

지은이   이종대
만든이   박찬순
만든곳   예술의숲
          등록 2002. 4. 25.(제25100-2007-37호)
          주   소 · 충북 청주시 상당구 교서로 2
          전   화 · 070-8838-2475
          휴 대 폰 · 010-5467-4774
          이 메 일 · cjpoem@hanmail.net

          ⓒ 이종대 2022. Printed in Cheongju, Korea
          ISBN 978-89-6807-153-9 13360